Tom F
Sean H

KARL

In Gedenken an

Enver Şimşek, Abdurrahim Özüdoğru, Süleyman Taşköprü,

Habil Kılıç, Mehmet Turgut, İsmail Yaşar, Theodoros Boulgarides,

Mehmet Kubaşık, Halit Yozgat und Michèle Kiesewetter

Die beste und sicherste Tarnung

ist immer noch die blanke und nackte Wahrheit.

Die glaubt niemand.

Max Frisch

Tom F   Sean H

KARL

Bibliografische Information der Deutschen Nationalbibliothek: Die Deutsche Nationalbibliothek verzeichnet diese Publikation in der Deutschen Nationalbibliografie; detaillierte bibliografische Daten sind im Internet über http://dnb.dnb.de abrufbar.

Die automatisierte Analyse des Werkes, um daraus Informationen insbesondere über Muster, Trends und Korrelationen gemäß §44b UrhG („Text und Data Mining") zu gewinnen, ist untersagt.

Lektorat & Korrektorat: Gabi Kremeskötter www.gabi-kremeskoetter.de
Weitere Mitwirkende: friends & family GmbH

Verlag: BoD · Books on Demand GmbH, In de Tarpen 42, 22848 Norderstedt

Druck: Libri Plureos GmbH, Friedensallee 273, 22763 Hamburg

ISBN: 978-3-7597-5840-8

Sean und ich werden 10% der Einnahmen aus dem Buchverkauf regelmäßig an eine NGO spenden, die den Kampf gegen Nazis oder die Rehabilitierung ehemaliger Nazis zu ihrer Aufgabe gemacht hat.

EINS

Köln Mülheim. Kennt man spätestens, seit die Keupstraße in den Medien für kurze Zeit die Schlagzeilen beherrschte. Aus einem Beispiel für gelungene Integration türkischer Kultur und Zeichen friedlichen Zusammenlebens von Menschen aller Nationen wurde das Symbol für den feigsten rechtsextremen Anschlag in der neueren deutschen Geschichte, von manchen als „NSU-Affäre" bezeichnet, unter den Teppich gekehrt. Im Film „Der Kuaför aus der Keupstraße" bringt es die Blumenhändlerin auf den Punkt:

„... Es gab zwei Bomben. Die eine hatte diese Wucht mit den Nägeln und die andere war einfach der Rechtsstaat, der nicht funktioniert hat. Das war eigentlich die größere Bombe ..."

Hier in Köln Mülheim lebte Karl Borowicki. In der Nähe des Wiener Platzes, nur einen Katzensprung von der Keupstraße entfernt. In einem der vielen Veedel Kölns, wo der einfache Kiosk, das Büdchen in der Straße das Flair spiegelte. Keine angesagten Clubs oder Restaurants. Karls Geschichte möchte ich dir erzählen, und das ist eine ungewöhnliche Geschichte.

Wer ich bin? Das ist fürs Erste irrelevant. Vielleicht verrate ich es dir später. Zunächst solltest du wissen, das Dilemma begann im Jahr 2017. Karl ist da siebzehn Jahre alt, und höchstwahrscheinlich wirst du ihn hassen. Oder auch nicht. Ehrlich gesagt, weiß ich selbst nicht, was ich von ihm halten soll. Alles begann mit einem seltsamen alten Mann ...

Den Geruch nach Taubendreck aus der Unterführung in der Nase, schlurfte die Gestalt langsam die Wallstraße hinauf. Je weiter sie aus der Dunkelheit unter der Mülheimer Brücke hervortrat, desto mehr formte sich ihre Silhouette zum Abbild eines uralten Mannes, dessen gesamte Haltung nicht nur epochales Leid, sondern auch einen soliden Stolz ausstrahlte. Seine Kleidung wirkte nicht heruntergekommen. Er trug einen perfekt sitzenden schwarzen Anzug, dazu einen robusten, dunkelgrauen Mantel, der alles andere als billig aussah. Die langen schneeweißen Haare verliehen ihm die Attitüde eines Künstlers oder Filmstars.

Am Ende der Wallstraße steuerte er auf das Büdchen an der Ecke zu. Viele kamen um diese Abendstunde, um ihren Biervorrat noch einmal aufzufüllen, suchten dabei, wie es in Köln oft vorkommt, das Gespräch mit den Veedel-Nachbarn. Dafür tauschten sie sich problemlos erfolgreich in verschiedenen Sprachen aus.

Der Alte trat vor die Eingangstür und seine grauen Augen reflektierten das Licht der Neonbeleuchtung. Die Augen wirkten kalt, fast unbarmherzig. Erst als der junge Türke ihm freundlich die Tür zum Laden aufhielt, füllte sich der Gesichtsausdruck des Alten mit etwas Wärme.

„Danke Mehmet", brummte er.

„Sie wünschen?", fragte Mehmet und stellte sich hinter die Theke. Dabei wunderte er sich, dass der Kunde seinen Namen kannte. Kannten sie sich? Nein, bestimmt nicht. An so eine eindrucksvolle Erscheinung wie den Alten hätte sich Mehmet ganz sicher erinnert. Gehörte er zu der Sorte Rassist, für die alle Türken Mehmet oder Ahmet heißen? Rassismus war Mehmet nicht fremd. Der Alte aber, befand Mehmet, war wohl knapp dreißig Jahre aus der Mode mit seiner speziellen Form der

Xenophobie. Andererseits, überlegte Mehmet weiter, so alt wie der schräge weißhaarige Typ schien, war er bestimmt bei allem um Jahrzehnte aus der Mode.

Der Alte sah sich um, ließ sich viel Zeit dabei, summte kaum hörbar eine Melodie in seinen Bart. Das oberste Regal war nur hochprozentigem Schnaps gewidmet. Darunter der Spagat von Chips, Flips, Erdnüssen hin zu Ketchup, Brot und Konserven. Alles gegenüber einer mageren Auswahl erschwinglicher Weine. Mehrere gefüllte Getränkekühlschränke, Bier, Cola, Fanta, Wasser, Milch- und Energydrinks. Ein Regal mit deutschen und internationalen Zeitschriften, DIE ZEIT, Spiegel, Süddeutsche, BILD, Le Monde, Fanat, Washington Post, Daily Mirror und viele weitere; ganz oben die – ebenfalls polylingualen Tittenheftchen. Leere und volle Getränkekästen und hinter dem Tresen lagen Rauchwaren und allerlei diverser Klimbim, von Feuerzeugen und Kondomen bis hin zu Cannabisersatzprodukten. Von seinem Platz hinter dem Tresen, zwischen Kasse und dem bunten Regal mit Süßigkeiten, an dem die Kinder vorzugsweise ihr Taschengeld verzuckerten, verfolgte Mehmet mit zweifelndem Blick jede noch so kleine Bewegung seines eigenartigen Kunden. Endlich, nach gefühlten Minuten des Schweigens, wandte sich der Weißhaarige dem Tresen und Mehmet zu.

„Einen Kaffee mit dreimal Zucker und eine Schachtel Zigaretten. Egal welche", brummte er und grinste dabei.

Mehmet füllte den Kaffee ab, insgeheim froh darüber, dass dieser nicht frisch aufgesetzt werden musste, dann legte er seinem Kunden eine Big Box *John Player* hin.

„Zehn Euro Fünfzig bitte."

„Bitte zahl, Gandalf, und geh einfach", dachte Mehmet. *„Irgendetwas stimmt hier nicht ..."*

Der Alte hielt ihm einen Zwanziger hin. Mehmet nahm ihn hastig entgegen.

„Nicht grabschen", grummelte der Alte, dann verließ er das Geschäft, ohne auf das Wechselgeld zu warten. Mehmet sah keinen Sinn darin, einen Reisenden wegen so etwas trivialem wie Geld aufzuhalten.

Der Alte ging hinaus um die Ecke und blieb ein paar Schritte weiter im Schatten stehen.

Er zündete sich eine an, zog und inhalierte tief den schädlichen Qualm. Dann, wie aus heiterem Himmel, drehte er sich um 180 Grad und schlug mit aller Kraft die Faust gegen die Hauswand. Wieder und wieder und wieder. Ohne ein Wort zu sagen, ohne die Miene zu verziehen.

Blut, Knochensplitter und Stücke des verrotteten Klinkers der Hauswand spritzten zu gleichen Teilen. Ein knirschendes Knacken, ein Laut von der Art, die einen bis in die schwärzesten Alpträume verfolgt, begleitete die sinnlose Aktion und der Alte starrte auf den offenen Bruch, der einmal seine Hand gewesen war.

Zwei Finger baumelten nur noch an Fetzen.

„Bekackte Schmerzen", dachte er. *„Wie damals!"*, und erinnerte sich ...

Zuerst waren da unglaubliche Schmerzen. Mein Kopf dröhnte. Egal. Schmerzen.

Irgendwas im Mund. Ich spuckte aus. Mein Mund war voller Dreck und voller Blut. Aber die Zähne schienen alle noch da zu sein. Langsam kehrten meine Sinne zurück. Ich lag. Ich sah Laub, Äste, schwindelig. Schmeckte die Erde, den Dreck und das Blut. Ein Park? Wie kam ich in einen Park? Stadtgarten? Aachener Weiher? Oder das Grünstück am Mediapark? Ich hob den Kopf. Schmerzen. Nur Dreck und Blut und Schmerzen.

Nein, das war kein Park. Viel zu verwildert, viel zu ungepflegt, nirgendwo Müll und Spritzbesteck. War ich im Wald? Rätsel über Rätsel. Aber primär Schmerzen. Ich stützte mich auf die Arme und ging auf die Knie. Fuck! Ich war splitternackt. Sogar die Verbände an meinen rot entzündeten Tätowierungen waren verschwunden. An meiner Schläfe fühlte ich eine klaffende Wunde, die mir, nass vor Blut, krasse Schmerzen bereitete. Es blitzte vor meinen Augen. Helles Licht, wie ein Stroboskop. Mir wurde schwindelig. Dann wieder schwarz vor Augen. Ich kippte nach vorne. Dann wurde es wieder ganz schwarz und leer ...

Etwa zeitgleich zu Mehmets subtilem Gefühl des Unwohlseins in Gegenwart des weißhaarigen Weirdos, in ungefähr zweihundert Meter Luftlinie Entfernung, drückte Karl die Enter-Taste seines Notebooks. Sofort erschien sein Post in der Facebook-Gruppe, Sekunden später kamen die ersten Likes und Kommentare.

Blaue Herzen, geballte Fäuste, schwarzrotgoldene Fahnen, Hashtag nurAfD, Hashtag Esreicht! Hashtag Wirsinddasvolk, Hashtag Ausländerraus, die vereinzelte belgische Nationalflagge.

Die Facebook-Gruppe nannte sich „Patrioten für den Erhalt Deutschlands", eine von vielen mehr oder weniger offen rechtsextremen Social Media-Gruppen, in denen Karl regelmäßig „Volksaufklärung" betrieb. Seit ein paar Monaten driftete Karl immer weiter in den Dunstkreis

Jener Bürger*innen, die sich sehr um den Erhalt der sogenannten „Deutschen Rasse" sorgten. Die der Meinung waren, es bestünde ein ominöser „Umvolkungsplan" einer ebenso ominösen kleinen Gruppe mächtiger Männer,

(Hashtag Weltverschwörung, Hashtag Kraken, Hashtag JewTube)

die mittels „demographischer Werkzeuge" wie Geburtenrückgang und Massenmigration die Weltpolitik gestalteten.

Das erklärte Ziel sei die Ausrottung der edlen und tugendhaften weißen Rasse und ihr Austausch mit dem Gegenteil.

(Hashtag Rassenkunde, Hashtag Herrenrasse, Hashtag Deutschesblut-Deutscherstolz)

Polemische Schlagworte wie „Asylantenflut", „Umvolkung" und „Islamisierung" waren längst salonfähig geworden, sogar vom „Genozid am deutschen Volke" war in Karls digitalen Umgangskreisen die Rede. Mit seinen siebzehn Lebensjahren, ein Teenager voller Zweifel, Angst und Unsicherheit, gequält vom Leben und im Epizentrum der Pubertät steckend, erlebte Karl sein politisches Erwachen. Finanziell von der Grundsicherung in abhängigen Verhältnissen lebend, mit einer alkoholkranken Mutter, die ihm zum letzten Geburtstag eine halbvolle Flasche Korn

geschenkt und Stein und Bein geschworen hatte, den Geburtstag nicht vergessen zu haben, rangierte er in den *Top Ten* der typischen Opfer völkischer Seelenfänger.

Aber Karl würde kein Opfer sein. Oh, nein! Seit er begriffen hatte, was in seinem Land passierte, seit er einen Einblick in die großen Pläne der Verwässerung bis Vernichtung deutschen Blutes erhalten hatte, wollte er kein namenloses Mitglied der schweigenden Masse mehr sein. Nein, Karl würde kämpfen für sein Volk, sein Land und, … und, …

Naja. Zu seinem Glück fand politischer Kampf heutzutage nicht mehr nur auf der Straße, sondern mehr und mehr auch im Internet statt. In den sozialen Netzwerken. Facebook, Twitter, Instagram und dergleichen. Hier konnte man Menschen beeinflussen, hier konnte politischer Wille gebildet und geformt werden.

Und das ging überraschend einfach. Man nehme zunächst ein Foto, das beispielsweise vier möglichst dunkelhäutige Männer in Hängematten zeigt, die alle gebannt auf ihre Smartphones schauen. Dann unterlegt man dieses an sich harmlose Foto mit einem eingängigen, auch für minderintelligente Mitrassisten verständlichen Slogan. So etwas wie „Danke, Merkel, für die fleißigen Fachkräfte!" Somit werden komplexe tagespolitische Themen wie Fachkräftemangel, dessen Ausgleich durch Zuwanderung und die Merkel-Regierung aufgegriffen und auf Schlagwortform reduziert. Gleichzeitig wird eine „europäische Tugend" wie Fleiß mit den in Hängematten liegenden dunkelhäutigen Männern in ironischen Bezug gebracht. Das spielt natürlich auf das unter Rassisten verbreitete Vorurteil an, Afrikaner seien faul und arbeitsscheu. Die Hängematten symbolisieren subtil die sogenannte „soziale Hängematte". Die vier Afrikaner sind also nicht auf der Flucht vor Hunger, Krieg und Verfolgung nach Europa gekommen, sondern nur, um hier auf Kosten der Allgemeinheit zu faulenzen und zu schmarotzen. Der Betrachter hat ja den optischen Beweis dafür vor Augen.

Dass das Foto ausschließlich Männer zeigt, ist ebenfalls ein rassistisches Motiv: Es kämen keine Familien auf der Flucht nach Deutschland, sondern nur Männer. Und die nähmen uns edel-hellhäutigen Deutschen unsere Frauen weg – ebenfalls ein gängiges rassistisches „Argument" für die angebliche „Umvolkung".

Den ersten Stein dabei werfe der, von dem es keine Urlaubsfotos gibt, die ihn mit ein paar Freunden beim Chillen zeigen. Oder der, der eben empfänglich ist für rassistische Propaganda und sich in seinen eigenen rassistischen Ressentiments bestätigt sieht.

Bei Karls aktuellem Meme handelte es sich um eine Fotomontage, die den ehemaligen Kanzlerkandidaten der SPD zusammen mit einem grinsenden Schimpansen zeigte. Die Bildüberschrift lautete: „Ehe für Alle". Karl Borowicki war einer der Wenigen, denen es regelmäßig gelang, Hetzparolen und diffamierende Kommentare ohne Rechtschreibfehler zu verfassen. Es mag allerdings angezweifelt werden, ob die Empfänger seiner politischen Botschaften davon überhaupt Kenntnis nahmen.

„Elende Sozialistenzecken!", murmelte Karl und klappte das Notebook zu. Er hatte sich bereits die Schnürstiefel angezogen, nahm seine schwarze *Thor-Steinar-Jacke* vom Stuhl und verließ die kleine Wohnung in der Seidenstraße, in der er mit seiner Mutter bescheiden lebte. Frau Borowicki hatte ihren Mann kurz nach Karls Geburt verloren. Ein Autofahrer hatte auf der A3 am Leverkusener Kreuz die Kontrolle über sein Fahrzeug verloren und in der Baustelle drei Arbeiter überfahren. Karls Vater starb noch an der Unfallstelle. Karl wuchs daher nicht mit *Daddy* auf, sondern mit dem Jobcenter Köln. Autorität wurde ihm vermittelt durch Kürzungen der Einkünfte seiner Mutter, die mal wieder einen Termin verpasst hatte, weil Karl krank geworden oder sie selbst zu betrunken gewesen war. Sinnlose Maßnahmen des Jobcenters, lächerliche Jobangebote und eine Absage nach der anderen. Bereits zu Karls Einschulung hing Frau Borowicki an der Flasche. Inzwischen kaputt genug, um unbehelligt ihre gesicherte Armut in Form von Hartz4 zu genießen. Mittlerweile benötigten sie das Geld, das Karl bei Mehmet im Laden verdiente – mindestens die Hälfte davon finanzierte Monat für Monat Frau Borowickis unstillbaren Durst. Das alles kotzte Karl an. Aber bald würde sich einiges ändern. Nachdem er jetzt den Durchblick hatte, ihm die „Harten Jungs" die Schuldigen präsentierten, wollte Karl sich nicht mehr mit der Ungerechtigkeit im eigenen Land abfinden. Er musste sich sein Vaterland zurückholen.

„Bin weg! Wird spät!", rief er in die Küche, wo seine Mutter mit einer fast leeren Flasche billigen Nordhäuser Nordbrand am Tisch saß und ihre Zigaretten für den nächsten Tag stopfte. Die BILD als Unterlage, auf der sich unzählige Tabakkrümel angehäuft hatten. Die übliche Dose „Pall Mall", leere Hülsen, fertige Zigaretten, ihr abgewetztes Etui, der randvolle Aschenbecher und der Geruch von Alkohol, Zwiebeln und Raumspray, mit dem Frau Borowicki stündlich ihre Schuldgefühle kompensierte. Karl hätte sich nicht gewundert, wenn man das Ozonloch nach seiner Mutter benannte.

Mit einem brennenden Glimmstengel im Mundwinkel nuschelte sie zurück: „Ist gut, mein Junge."

Die Küche war spärlich eingerichtet. Die Hängeschränke und der Tisch stammten aus den Neunzigern und zahlreiche Umzüge hatten an vielen Stellen die Kunststoffschicht auf dem Pressspan zerschlissen. In der Spüle stapelte sich schmutziges Geschirr. Daneben quoll der Mülleimer über und Verpackungen umrahmten den Bereich vor der Spüle. Es war noch lange kein Messi-Haushalt, dafür sorgte Karl. Aber der allmählichen Verwahrlosung Einhalt zu gebieten? Dazu hätte er der aktiven Mitarbeit seiner Mutter bedurft. Diese einzufordern, hatte Karl inzwischen aufgegeben.

Karl griff sich eine Handvoll Selbstgestopfte und drückte seiner Mutter einen flüchtigen Kuss auf die Wange. Dann verschwand er durch die Tür.

Karl zerriss es jedes Mal das Herz, wenn er in seiner Mutter den kaputten Menschen erkannte, den die Jahre aus ihr gemacht hatten. Wie langsames Ertrinken kam es ihm vor. Ein langsamer Prozess, der aus ihrem Niedergang und seiner latent wachsenden Erkenntnis bestand. Am Ende war es eh zu spät. Ein Stück weit suchte Karl nach einem Schuldigen dafür. Früher hatte er, wie es Kinder halt so machen, sich selbst die Schuld gegeben.

Glaubt nicht, er sei unterbelichtet. Er besuchte erfolgreich die zehnte Klasse auf der Willy-Brand-Gesamtschule. Obwohl er kaum Mühen investierte, gelang ihm mit Leichtigkeit ein Notenschnitt von gut bis befriedigend. In Sport hatte er stets eine Eins, denn Karl strotzte vor Kraft und Agilität.

Deshalb durfte er letzten Endes bei den „Harten Jungs" mitmachen. Die „Harten Jungs", das waren stramme Nazis, deren Freizeitvergnügen oft in gefährlichen Schlägereien mit Andersdenkenden oder Menschen mit Migrationshintergrund endeten. Die meisten seiner Schulkameraden hatten Karl früher verspottet. Igitt, eine Halbwaise aus armen Verhältnissen ohne modische Kleidung oder teurem Spielzeug. Das hatte sich geändert. Seit er Simon kannte, einen der „Harten Jungs". Nun respektierte man ihn.

Der tristen Wohnung entkommen, entschied Karl, dass er erst einmal ein Bier brauchte. Ein Schluck kühle Erfrischung nach der luftraubenden Stickigkeit der heimatlichen Hartzerhöhle. Er brauchte nur ein paar Schritte bis zum Büdchen, davor stand der Alte, der Karl wie zur Salzsäule erstarrt mit geweiteten Augen anstarrte.

Karl spürte förmlich diesen Blick aus den kühlen Augen des Unbekannten. Aber er wäre nicht er, wenn er sich von so einem alten Sack einschüchtern ließe.

„Na, Opa", sagte Karl, grinste provokant, doch der Alte starrte nur weiter. Mit sanftem Druck musste Karl ihn aus dem Weg schieben. Bei jedem anderen wäre er deutlich ruppiger gewesen, aber der Alte sah aus, als hätte er noch in Stalingrad gekämpft. Vom Alter her musste der Kerl bei der Wehrmacht gewesen sein. Oder bei der SS. Und das respektierte ein völkischer Patriot wie Karl natürlich.

Er betrat das Büdchen und nahm sich gewohnheitsmäßig eine Flasche Kölsch aus dem Kühlschrank.

„Na, du Scheiß-Kanake!", begrüßte er anschließend den türkischstämmigen Jungen, der Karl hinter der Theke breit grinsend beobachtet hatte und den du schon als Mehmet kennengelernt hast.

„Der feine Herrenmensch beehrt unseren Laden. Na, du dumme Nazisau?", kam die Antwort zurück. Karl lachte und sie gaben sich die Hand. Er und Mehmet, nur zwei Jahre älter als Karl, kannten sich bereits seit der Grundschule. Hin und wieder vertrat er Mehmet im Kiosk und verdiente etwas nebenher, aber das weißt du ja schon.

„Ich nehme an, du hast diese Woche wieder keine Zeit, weil du mit deinem neuen braunen Freund abhängst?"

„Hey, Mehmet. Sei nicht so dumm. Du und dein Vater, ihr seid OK. Ihr lebt und arbeitet schon lange hier. Ihr gehört fast zu uns. Euch wird nichts geschehen."

„Geschehen? Du Spinner! Ich wünschte, du wärest klüger. Die tun dir nicht gut. Die wollen dir nichts Gutes. Das sind Scheiß-Nazis!"

„Lass mal. Die bekackten Bimbos, Messermänner und Sozial-Schmarotzer, die ganzen fucking Flüchtlinge, die sich hier seit Neuestem breit machen, liegen auch *dir* auf der Tasche! Merkels Goldstückchen. Die wollen auch *deine* Schwester ficken."

„Hey, Vorsicht. Niemand fickt meine Schwester!"

Karl stutzte. Dann lachte er.

„Du hast doch gar keine Schwester, Ölauge!"

Er drückte Mehmet ein Zwei-Euro-Stück für das Bier in die Hand und ging hinaus. In letzter Zeit führte er oft solche Diskussionen mit seinem besten Freund Mehmet. Und er fürchtete sie. Jedes Mal fühlte hinterher einen Knoten im Magen. Mehmet passte so gar nicht in sein jüngstes Weltbild. Umgekehrt quälten Mehmet und seinen Vater, Eigentümer des Büdchens, mittlerweile Zweifel, ob sie es sich leisten konnten, Karl im Geschäft arbeiten zu lassen. Sie hatten durch Karls offen zur Schau gestellte Neonazi-Attitüde schon Kunden verloren. Andere kamen gar nicht erst herein, wenn Karl hinter dem Verkaufstresen stand.

Rücksichtslos rempelte Karl beim Rausgehen einen Mann an, der gerade den Kiosk betreten wollte.

„Hey!", beschwerte sich der Kunde. Karl musste ihn nur kurz streng anblicken und der Mann beschloss, die Sache auf sich beruhen zu lassen.

Von Anfang an bemühte sich Karl, die Freundschaft mit dem Türken von seinem politischen Engagement zu trennen. Deshalb hatte er permanent ein schlechtes Gewissen, denn Simon und die „Harten Jungs" wussten natürlich nicht - und durften auch niemals erfahren -, dass ihr Neuzugang mit einem Türken befreundet war.

Karl glaubte tatsächlich die Mär von der Überfremdung und ließ sich anstecken von Hetze und Vorurteilen. Während sein Verhältnis zu Mehmet die neuen xenophoben Dogmen verwischte, kannten seine völkischen Freunden nur Schwarz oder Weiß. Im wahrsten Sinne.

ZWEI

Der Alte folgte Karl in großem Abstand. Er erinnerte sich jetzt an alles. Er griff nach diesen Erinnerungen wie ein Süchtiger nach der Flasche. Setzte dabei einen Fuß vor den anderen. Folgte Karl, während er tiefer versank in seinen Gedanken und plötzlich…

plötzlich hörte ich eine Stimme. So was wie „He, da. Junge. Potzblitz, was haben sie nur gemacht mit dir." Jemand schüttelte mich. Ein Auge war von Blut verklebt und durch das andere erkannte ich verschwommen einen älteren Mann mit Schirmmütze. So ein altmodisches Teil, wie es mein Opa immer getragen hatte. Dann sah ich plötzlich nichts mehr, weil eine dritte Person mir eine raue Decke übergeworfen hatte. Ich wollte protestieren, aber mir fehlte die Kraft. Hilflos packte man mich und im nächsten Moment wurde ich auf eine harte Unterlage gepfeffert. Der Mann mit der Mütze faselte etwas von „viel Blut verloren", doch bevor ich etwas sagen konnte, verlor ich schon wieder mein Bewusstsein.

An Gesprächsfetzen erinnere ich mich. Das Geräusch eines Motors, aber in seltsam ungewohnter Art und weit weg. Jemand versuchte immer noch, mich zu packen. Oder wieder? Mein Zeitgefühl hatte mich längst verlassen, aber ich fühlte mich etwas kräftiger, erholter. Ich musste demnach geschlafen haben. Ich erschrak, weil der Mann mit der Schirmmütze mich irgendwie befummelte. Ich sprang hoch.

„Potzblitz!", rief der Mann und richtete seine Mütze. Ich warf die Decke beiseite, holte sie aber sofort zurück, um meine Eier zu bedecken. Fuck! Ich war immer noch nackt! Ich hockte splitternackt auf der Ladefläche eines alten Pferdekarren, was das Schnauben des Tieres, das daran eingespannt war, just in diesem Moment bestätigte. Gleichzeitig fuhr ein

Oldtimer an uns vorbei. So ein Fahrzeug kannte ich nur aus alten Filmen, die meist in schwarz-weiß gedreht worden waren. Neben dem alten Mann mit der Mütze stand ein Junge, vielleicht in meinem Alter, vielleicht auch älter, aber ebenso krass erschrocken und schweigsam. „Was habt ihr Arschlöcher mit meinen Klamotten gemacht?", brüllte ich sie alle an.

In diesem Moment erschien ein Mädchen, nein, nicht irgendein Mädchen. Das hübscheste Mädchen, das ich je gesehen hatte, mit Zöpfen und einer putzigen Stupsnase. Sie trug auf dem Arm einen Mantel, den sie Schirmmütze reichte. Dieser übergab ihn an mich.

„Wo zum Henker sind wir? Ist hier Oldtimerralley?", fragte ich.

Da bemerkte ich ein Straßenschild. Kreuzstraße. Pflastersteine statt Asphalt. Mickrige kleine Häuser. Der Pferdewagen stand direkt vor einer Art Tante-Emma-Laden.

A. Rosenbaum Schreiner Antik – An- und Verkauf, stand auf dem Ladenschild. Es waren keine Autos zu sehen. Vereinzelt kamen Radfahrer vorbei. Uralte Drahtesel. Nix Mountainbike. Die Straße war kaum besiedelt. Eine Handvoll Fachwerkhäuser. Nur wenige Menschen ließen sich blicken und beobachteten aus der Ferne neugierig unseren Pferdewagen. Ihre Kleidung wirkte seltsam altmodisch.

„Hör mal, du Freak. Was ist das hier für ein Kaff? Schlumpfhausen?", fragte ich die Typen.

Das jähe Aufrichten und die hektischen Bewegungen forderten ihren Tribut. Ich fing an zu taumeln. Mir wurde krass schwindelig. Also hakte ich mich doch bei dem Mann ein. Das hübsche Mädchen nahm den anderen Arm.

„Hast du ihn, Esther?", fragte der Typ, das Mädchen bejahte.

Esther. Was für ein wundervoller Name …

Wir schafften es knapp ins Haus, dann gaben meine Knie nach und ich brach zusammen.

Auf seinem Weg zum Wiener Platz gingen Karl die meisten Passanten aus dem Weg. Der kräftige junge Mann wirkte durch die Statur, die hohen Schnürstiefel und seinem neuerdings kurz geschorenen Schädel bedrohlich auf die Leute, die oftmals Migrationshintergrund besaßen und Karls optisches Statement korrekt einordneten.

Mit der Straßenbahn fuhr er in den Kölner Speckgürtel nach Merten. An dieser Stelle ein kleiner Exkurs: Wenn du dir das Bewusstsein als eine Strecke von 10 Zentimetern vorstellst, dann hätte das Unterbewusstsein eine Länge von mehreren tausend Kilometern. Deshalb ist das Bewusstsein schnell überfordert und lässt nur einen Bruchteil der Eindrücke um uns herum durch. Schwangere sehen überall Kinderwagen, Leute, die sich ein neues Auto kaufen wollen, nur ihren Favoriten. Folglich sah Karl überall Ausländer. Kanaken. Ölaugen. Im Prinzip ließ jede Fahrt mit dem KVB die Saat der Manipulation durch die xenophoben Einflüsterer ein Stück mehr aufgehen.

Nach einem Fußweg von einer Viertelstunde durch ein spießig anmutendes Siedlungsviertel mit stets gleichen Vorgärten und Fassaden erreichte er den Gasthof, in dem er mit Simon verabredet war. Ein Mann, Karl kannte ihn als Rudi, der scheinbar zufällig im Eingangsbereich herumstand, nickte Karl zu und lächelte. Man kannte und grüßte sich in der Szene. Zusammenhalt und Kameradschaft!

Drinnen saßen ein Dutzend junger Leute. Darunter Mädchen mit der traditionellen *Reenie*-Frisur. Den Schädel fast kahl, ergänzt durch einen Kranz aus langen Strähnen um das Gesicht herum. Karl fand sie aus irgendeinem Grund erregend. Sie strahlten für ihn große Weiblichkeit aus, obwohl sie sich von allen Schönheitsnormen abgrenzten. Neben zahlreichen solcher *Thor-Steinar*-Models befanden sich auch *Hools* und männliche Nazi-Skins im Lokal. Unverkennbar ein Laden der rechten Szene.

Eine kräftige Hand packte Karl an der Schulter.

„Scheiße, da bist du ja endlich. Warte schon eine halbe Stunde. Alles am Start?"

Karl Borowicki nickte.

„Du bewachst die Toilettentür, sobald ich mit dem Kunden drin bin. Verstanden, Kleiner?"

„Ist OK, mach ich."

„Gut. Bleib hier."

Simon überragte Karl um einen Kopf. Mitte 30, brutaler Schläger und mehrfach vorbestraft wegen - du hast es wahrscheinlich schon erraten - schwerer Körperverletzung. Er lieferte in jener Zeit den Nährboden für Karls patriotische Gesinnung, und in gewisser Weise hatte er ihn unter seine nationalistischen Fittiche genommen. Sein politischer Mentor, wenn man so wollte – wenn Simon gewusst hätte, was das bedeutete.

Der Hüne mit der polierten Glatze nickte zufrieden und verschwand. Etwa fünf Minuten später kehrte er mit einem anderen Mann zurück und betrat mit ihm die Toilette. Karl folgte den beiden und positionierte sich vor der geschlossenen Türe, zwischen Waschbecken und Pissrinne, während Simon mit dem Mann eine Kabine betrat.

Beißender Geruch nach Urin. Grelle Neonbeleuchtung wie in einer Turnhallen-Umkleide. Ranzige Fliesen an der Wand und auf dem Boden.

Klebrige Pfützen und schwarz-schmutzige Stiefelabdrücke. Graffiti, die davon kündeten, dass Deutschland den Deutschen gehöre, Jaqueline F. eine Schlampe sei, Ali nach Hause gehen solle und der eine oder andere Schwierigkeiten mit dem Zeichnen von Hakenkreuzen hatte. Simon und sein Kunde standen eng neben dem stinkenden WC.

„Los, lutsch mir einen!", befahl Simon und machte Anstalten, sich die Hose zu öffnen. Dumpf hämmerten die Bässe aus dem Kneipenraum. Sein Kunde, ein schmierig wirkender junger Mann mit fettigen Haaren, stand da wie erstarrt, sah Simon ungläubig an. Selbst Karl konnte sehen, dass er zu zittern begann.

Ein paar Sekunden blickte Simon bedrohlich. Dann brach er in Gelächter aus.

„Mensch, Dennis. Du bist auch nicht die hellste Leuchte auf dem Christbaum, oder? Beruhige dich."

Im nächsten Moment packte er Dennis am Kragen und drückte ihn gegen die Kabinenwand.

„Oder glaubst du, ich wäre eine miese Schwuchtel, hä?"

Dennis schüttelte heftig den Kopf. „N ... Nein. Nein!"

„Ok, dann rück die Kohle raus." Er stieß den entsetzten Kunden weg.

Dennis kramte sichtlich eingeschüchtert ein paar Geldscheine aus der Tasche. Simon steckte sie ungezählt ein und drohte: „Wenn da Kohle fehlt, hau ich dir ein paar aufs Maul." Dann übergab er seinem Kunden ein kleines Tütchen mit weißem Pulver. „Hier. Nimm. Dann haust du als Erster ab. Sag mal, was ist los mit dir? Du bist doch sonst nicht so nervös?"

„Alles gut, Simon. Danke." Dennis nahm das Tütchen und verließ fluchtartig die Kabine. Draußen rannte er beinahe Karl um, wimmerte sich, Blickkontakt vermeidend, an diesem vorbei, durch die Tür und verschwand ...

Kurz darauf kam Simon aus der Kabine. Er grinste wie ein Hai.

„Dennis ist wieder im Geschäft. Er hatte mich doch neulich erst an die dreckige Kanakenmafia verraten! Hat einfach dort gekauft. Jetzt kauft er wieder bei mir und würde gerne meine Eier lecken."

„Ah, OK", sagte Karl, den der letzte Satz verwirrte. Er verstand auch nicht, warum Dennis nach der demütigenden Behandlung nochmal bei Simon kaufen sollte. Aber Simon wusste, was er tat. Da war sich Karl sicher.

Die beiden Kameraden verließen die Herrentoilette und gesellten sich an einen Stehtisch, an dem der Kerl, der Karl bei seiner Ankunft draußen gegrüßt hatte, schon auf sie wartete. Es standen sogar schon zwei Kölsch für Karl und Simon bereit. Echte Kameradschaft! Nach kurzen Höflichkeitsfloskeln und ein wenig Geschimpfe über das letzte Spiel des FC, kamen Simon und Rudi schnell auf die wichtigen, geschäftlichen Themen.

„Das ist hier mein Revier und ich bestimme, wo das Speed herkommt und wer es bekommt", erklärte Rudi. Gepflegter schwarzer Anzug. Kurzer Irokesenschnitt und Wikingerbart. Er fuhr fort: „Und wenn die italienischen Kameltreiber nochmal die Regeln brechen, mache ich die fertig!"

„In Italien gibt es keine Kamele, Rudi", verbesserte ihn Karl. Aber man ignorierte ihn. Fakten hatten hier noch nie interessiert.

Simon sagte: „Aber jetzt ist doch alles wieder in deutscher Hand! Die kommen so schnell nicht mehr wieder. Die kennen mich!"

Rudi schob als Antwort den Ärmel hoch und zeigte eine Tätowierung, die dem Totenkopf der Waffen-SS nachempfunden war. „Das will ich schwer hoffen, Simon." Vielsagende Blicke, allesamt etwas zu hoch für Karl, wurden gewechselt. Er war zwar froh, dazu zu gehören, aber er verstand nicht wirklich, was hier zwischen den Zeilen gesagt wurde.

„Kommt ihr nächste Woche zum Konzert?", wechselte Rudi plötzlich das Thema. „Ich schau mal, was geht", sagte Karl. „Wir kommen!", berichtigte Simon und boxte ihn hart gegen die Schulter.

„Verstanden?"

„Heil Hitler!", rief Rudi. „Heil Hitler!", rief Simon.

Karl hob den rechten Arm. Man grüßte hier deutsch!

Bei diesen lupenreinen Bekenntnissen zum Nationalsozialismus hatte Karl anfangs nachhaltiges Widerstreben empfunden. Karl war weder dumm noch ein schlechter Schüler. Darüber hinaus verfügte er über ein exzellentes Gedächtnis: Texte, die er nur einmal gelesen hatte, konnte er noch Jahre später zwar nicht wörtlich, aber inhaltlich sehr genau wiedergeben. Es war zwar kein eidetisches Gedächtnis, aber verdammt nahe dran. Man könnte ihn als Schulwissen-Experten für die Zeit von 1933 bis 1945 bezeichnen. Er hatte vor zwei Jahren ein umfangreiches Referat für die Schule verfasst und dafür eine glatte Eins kassiert. Auch heute vermochte er alles inhaltlich zu reproduzieren, was er damals in seinem Geschichtsbuch gelesen hatte. Dementsprechend war der Nationalsozialismus für ihn immer das reine, absolute Böse gewesen, die Verkörperung allen Unheils, das Menschen einander anzutun in der Lage waren.

Aber Simon und die anderen hatten ihn Stück für Stück darüber aufgeklärt, wie die Siegermächte die Fakten in den Geschichtsbüchern gefälscht hatten. Sicher, der NS-Staat wäre nicht perfekt gewesen, das wäre kein menschgemachtes politisches System. Sicher, Hitler hätte militärische Fehler gemacht, wäre aber ein visionärer Politiker gewesen. Sicher, Konzentrationslager hätte es gegeben, aber diese dienten der Strafe von Verbrechern und deren Erziehung und Besserung – was man heutzutage Reintegration nannte. Sicher, in den KZs wären hunderttausende verhungert, auch Juden – aber den Löwenanteil der Schuld trüge die alliierte Seeblockade. So ging es bis zur Auschwitzlüge. Über die Relativierung – die Juden sollten nicht ermordet, sondern nur im Osten neu angesiedelt werden – bis hin zur Leugnung des Holocaust – die Fotos aus Dachau und Auschwitz wären allesamt von der alliierten Propaganda gestellt. Fake News, sozusagen. Und es war nicht nur stumpfes Stammtischgelaber. Immer wieder berief sich Simon auf publizierte Quellen. Gerald Smith, Paul Rassinier, natürlich David Irvings „Hitler's War" und Artur R. Butz' „The Hoax of the Twentieth Century". Der exkommunizierte Bischof Richard Williamson, Bradley Smith und immer wieder Ursula Haverbeck.

Und noch etwas wurde für Karl, neben allen Argumenten, alternativen Fakten und dem Anschein der Wissenschaftlichkeit ganz deutlich erkennbar: „Geschichte wird von den Siegern geschrieben."

Damit konnte Karl etwas anfangen. Das leuchtete ihm ein, egal wie simpel heruntergebrochen dieser Ansatz in Wirklichkeit war, da er doch Zeitzeugen und echte Beweise völlig ausklammerte. Mochte er auch kein überzeugter Nationalsozialist im traditionellen Sinne sein, so glaubte Karl schon nach ein paar Wochen im Kreis der „Harten Jungs" mehr als die Hälfte ihrer Märchen. Die Wahrheit, mutmaßte er, lag sicherlich irgendwo in der Mitte. Und selbst wenn es Vernichtungslager gegeben haben sollte, hieß das allein noch nicht, dass der

Nationalsozialismus von Grund auf falsch war. Deckten sich die Grund-
ideen des Nationalsozialismus nicht zumindest teilweise mit Karls politischen Vorstellungen? Die Idee der Heiligkeit der nordischen Rasse und
ihrer Verteidigungswürdigkeit gegenüber fremden und parasitären Rassen? Karl glaubte an Bedrohung durch fremde Kulturen und hatte Angst
vor der Scharia. Vor der Umvolkung. Vor der geplanten Reduzierung des
europäisch stämmigen Volksanteils und seine Ersetzung durch „minder-
wertige, aber schnell reproduzierende Rassen". Vor dem Aussterben
der deutschen „Rasse". Vor Selbstmordattentätern und Sozialschmarot-
zern, die von Schleusern unter dem Deckmantel privater Seenotrettung
ins Land geholt wurden. Vor hunderte von Köpfen zählenden ghanai-
schen Großfamilien, die von einem Tag auf dem anderen, ganze Stadt-
viertel überfielen. Vor dunkelhäutigen Vergewaltigern reinrassiger
Frauen. Das alles gesteuert von der jüdischen Weltverschwörung.

Vielleicht könnte man ja, so war Karls aktuelle Einstellung zu dem
Thema, den Hitlerismus als eine Entartung des Nationalsozialismus begreifen und sich auf dessen ursprünglich heilsbringende Grundideale zu-
rückbesinnen.

Ich sagte dir doch, du wirst ihn hassen.

Karl lernte schnell. Je schneller, desto weniger hinterfragte er. Das hatte
Simon früh erkannt und befeuerte Karls Ängste bei jeder Gelegenheit.
Wie die meisten schlecht informierten Bürger hasste Karl nicht nur
seine „systemversifften" Lehrer, sondern die Regierung, die seiner An-
sicht nach für die Ungerechtigkeit im Land verantwortlich war. Deshalb
bekam seine Mutter viel zu wenig Geld. Deshalb trank sie. Deshalb leb-
ten sie in einer verschimmelten Sozialwohnung, wo er noch nicht einmal ein Zimmer bewohnte, das groß genug war, um Besuch zu empfan-
gen. Ein Loch von acht Quadratmetern. Trotz aller patriotischen
Überzeugung blieb die Saat der Zweifel in ihm, genährt durch seinen In-
tellekt. Aber er steckte längst in einem Sog, aus dem er nicht entkam.

Karl stülpte sich eine Rolle über, um sich vor sich selbst zu verstecken. Damit er dazu gehörte. Damit sie für ihn da wären. So wie er für sie. Doch genug schwadroniert. Weiter geht es mit Karl ...

DREI

„Wenn Unrecht zu Recht wird, dann wird der Widerstand zur Pflicht eines jeden aufrechten Deutschen!"

Speichel flog in Form von kleinen Tröpfchen aus dem Mund des aufgebrachten Hünen. Simon hielt einen seiner Vorträge über den Kampf gegen die Ausrottung des deutschen Volkes. Im Hintergrund hämmerte die Musik von „Kategorie C". *Kategorie C* steht für eine Klassifizierung für die Gewaltbereitschaft von Fans in der Datei *Gewalttäter Sport*. Dort hatte die Polizei mittlerweile über 13.000 entsprechende Hooligans erfasst. Die gleichnamige Band bestach durch Texte wie:

> *„...heute schächten sie Schafe und Rinder.*
>
> *Morgen vielleicht schon Christenkinder ..."*

Karl mochte die Musik dieser Band nicht. Aber Szenarien, wie im Song beschrieben, flößten ihm Angst ein. Insgeheim genoss er hauptsächlich die Geborgenheit, die von der Zugehörigkeit zu der Gruppe um Simon ausging. Hier fühlte er sich nicht unterlegen oder unerwünscht. Die Leute, die sich zum überwiegenden Teil aus strammen Neonazis und xenophoben Gewalttätern rekrutierten, waren im Durchschnitt zehn Jahre älter als Karl. Bisher hielten sie ihn aus ihren krassesten Aktionen heraus. Viele trauten ihm noch nicht völlig über den Weg. Und dann stand da seine *Prüfung* aus ...

„Und, Karl? Schon Muffensausen?", fragte Simon. Statt auf die Antwort zu warten, drehte er die Musik lauter und holte zwei Flaschen Bier aus dem Kühlschrank in der Küche.

„Wieso?", brüllte Karl

„Was?", brüllte Simon aus der Küche zurück.

„Mach doch mal die Scheiße leise. Dann verstehst du mich auch!", schrie Karl, um die Musik zu übertönen.

Der glatzköpfige Hüne erstarrte, machte tatsächlich die Musik leiser. Karl wurde augenblicklich rot in der Gewissheit, den Bogen überspannt zu haben. Simon drehte sich langsam um und blickte grimmig.

„Was hast du gesagt?"

„Sorry. Ich ...", stammelte Karl.

„Halt dein Maul! Das heißt *Entschuldigung*! Oder sind wir hier im Negerkral?"

„Entschuldige. Ich wollte nur wissen, weshalb ich Angst haben sollte."

„Hab ich es dir nicht gesagt? Entschuldige. Übermorgen ist deine Prüfung. Und wehe, du enttäuschst mich!"

Simon drehte die Musik noch leiser und lachte, als er das verdutzte Gesicht seines Schützlings sah. Er drückte Karl eine Bierflasche in die Hand und setzte sich zu ihm.

„Übermorgen schon? Worum geht es? Was muss ich tun?"

„Geheimsache. Eine Aktion halt. Freust du dich? Danach gehörst du zum deutschen Widerstand! Und eigentlich kämpfen wir auch für Europa! Die scheiß Neger sind überall! Und warum?"

„Äh, danke Merkel?"

„Korrekt! Merkel, Roth. Alles Systemhuren, die eingekauft wurden von Sorus und Konsorten, von dem ganzen Judenpack. Doch damit ist bald Schluss. Unser Land, unsere Werte! Prost, Kamerad!"

„Merkel muss weg! Prost!" Karl liebte es, etwas auf den einfachsten Nenner zu bringen. Der Rest des Abends zog wie im Nebel an ihm vorbei.

Er dachte an nichts anderes mehr als an die bevorstehende Prüfung.

Auch drei Stunden später zu Hause spielten die Gedanken noch verrückt. An Schlaf war nicht zu denken. Er klappte sein Notebook auf und sah sich die Meldungen auf Facebook an. Bachmann hatte endlich seine Freundschaftsanfrage angenommen.

Er las sich einen Bericht der „Epochtimes" durch. Er schrieb in die Kommentarspalte: *„Wir müssen die scheiß Eliten bekämpfen, uns das Land zurückholen von den Krummnasen und Sandnegern!"*

Er gab den Beiträgen auf abonnierten AfD- und NPD-Seiten ein paar Likes. Dann las er sich dort Kommentare durch. Ein Beitrag fiel ihm auf. Dort schrieb ein Gegner der AfD:

„Immer dasselbe bei Herrn Gauland, entweder ist er falsch verstanden worden oder er hat das so nicht gemeint oder es war Wahlkampf oder er hat davon gar nichts gewusst oder damit kennt er sich gar nicht aus und, und, und ... gespielte Unwissenheit, dem Mann sollte man nichts glauben, der lügt, wenn er den Mund aufmacht ... wie der gesamte Rest der AfD ... fiese miese, widerliche braune Rotze ..."

Karl antwortete: *„Pass mal auf, du links-grün versiffte Zecke! Wenn dieses Land wieder in deutscher Hand ist, werden wir Hurensöhne wie dich mitsamt deinen Judenfreunden dahin schicken, wo es schön warm ist. Aber vorher rasieren wir noch deinen Schädel!"*

Er postete auf seiner eigenen Seite ein Zitat der Böhsen Onkelz:

„Ein trostloser Haufen, der uns regiert, die Gesetze verstümmelt

und nur für sich interpretiert. Nacht, Kameraden!"

Ein Benachrichtigungston signalisierte ihm, dass er eine WhatsApp-Nachricht erhalten hatte. Mehmet hatte geschrieben: „Telefonieren?"

Karl wählte die Nummer und Mehmet ging sofort ran: „Hi. Danke für den Rückruf."

„Hallo. Was ist los?"

„Ich wollte dich nur etwas fragen."

„Schieß los."

Karl hörte, wie Mehmet am anderen Ende tief Luft holte, bevor er sagte: „Bist du eigentlich geisteskrank? Was postest du da für eine Scheiße auf Facebook? Schädel rasieren? Onkelz? Epoch Times? Compact? Was teilst du da für einen Mist? Sandneger? Das ist doch nicht dein Ernst! Hast du dir das mal selbst durchgelesen, was du von dir gibst? Alter, ich mache mir echt Sorgen! Hast du dein Hirn inzwischen im Führerhauptquartier abgegeben, oder was?"

„Wenn dir meine Meinung nicht gefällt, musst du es ja nicht lesen! Was ist los mit dir? Eure Ehrenmorde sind OK, oder was?"

„Rassismus ist keine Meinung! Du bist dabei, ein Scheiß-Nazi zu werden! Aber so richtig! Und das mit den Ehrenmorden und so hat nichts mit der Nazischeiße zu tun, die du von dir gibst. Das nennt man *Whataboutism*! Du hast doch selbst damals das Referat über den Holocaust gehalten! Du weißt doch, was die wollen!"

„Das ist alles von den Amis und Russen gefaked worden. Genau wie das mit den Gaskammern. Was ihr mit den Kurden macht, ist übrigens auch nicht besser!"

„Es geht hier nicht um die Kurden! Es geht um meinen Freund, der gerade mächtig versackt im braunen Sumpf. Alter, du brauchst Hilfe! Du musst weg von denen! Jetzt auch noch den Holocaust leugnen, oder was?"

„Nein! Außerdem bin ich kein Nazi! Ich bin … Nationalist. Ich bin Patriot. Ich muss mir mein Land zurückholen, bevor es ganz vor die Hunde geht. Wo jeder seine Meinung sagen darf, ohne einen blöden Anruf zu bekommen, wo man als Neo-Nazi beschimpft wird, obwohl man doch nur sagt, was alle denken!"

„Rede keinen Nazi-Scheiß, dann nenne ich dich auch nicht Nazi!"

„Ach, fick dich, Kümmeltürke!"

„Karl, wusstest du, dass dein Körper aus über 50 Billionen Zellen besteht?"

„Na, und?"

„Karl, vielleicht kannst du ja ein paar von denen für ein Hirn verwenden? Eşek!"

Karl legte auf. Jetzt konnte er erst recht nicht mehr schlafen. Er hatte nie viele Freunde gehabt. Vor seinem geistigen Auge lief die tägliche Zeremonie ab, bei der die Mitschüler und Mitschülerinnen auf dem Schulhof und den Gängen vor den Klassenzimmern vor ihm auseinander perlten, ihn mieden. „Naja, besser, als wenn sie mir wieder hinter jeder Ecke auflauern", dachte Karl. Und jetzt wandte sich ausgerechnet Mehmet, der verlässlichste Intimus, von ihm ab. Trieb ihn praktisch in Simons Arme, wobei das unterbewusst ablief. Du erinnerst dich? Und dann war da die Prüfung, vor der er gewaltig Schiss hatte. Karl konnte es zu diesem Zeitpunkt nicht im Ansatz erahnen, wie berechtigt seine Angst sein sollte.

VIER

Noch jemand fand in dieser Nacht keinen Schlaf. Der alte Weißhaarige saß schon auf der Mauer am Rheinufer, bevor die Vögel begonnen, mit ihrem Canto den Tag zu begrüßen. Er schaute seit Stunden hinunter auf den Rhein. Der Verkehr auf der nah gelegenen Mülheimer Brücke steigerte sich gemächlich, um später zum Erliegen zu kommen. Die Leuchtreklame des AXA-Hochhauses wirkte mit ihrem Blau unnatürlich in diesem Bild. Genau wie der Alte, den Dinge wie Hunger, Durst oder Kälte nicht zu interessieren schienen. Er fummelte sich eine Zigarette aus der Schachtel, die er bei Mehmet gekauft hatte. Es war die Letzte. Da fing er an zu lachen.

„Was findest du so lustig, wenn ich fragen darf?"

Der Weißhaarige drehte sich in Richtung der Stimme und schien kein Stück überrascht, dass dort neben ihm, wie aus dem Nichts erschienen, ein hagerer Mann saß, der seine Frage wiederholte: „Was erheitert dich gerade?"

Der Hagere trug einen schlichten grauen Anzug mit weißem Hemd. Insgesamt wirkte seine Kleidung altmodisch, aber nicht zerschlissen. Sein Alter ließ sich unmöglich schätzen. Er sah uralt und neugeboren zugleich aus. Grüne Augen glühten wie Smaragde und ließen ihn unmenschlich, fast überirdisch erscheinen.

„Niebel. Geh mir doch nicht auf den Sack. Mir ist nur gerade klar geworden, dass ich bei all der Scheiße niemals Gefahr gelaufen bin, an Lungenkrebs zu sterben. Hast du zufällig Kippen?"

Niebel lächelte verschmitzt und sagte: „Die Regeln des Lebens vermag die Zeit nicht zu brechen. Jetzt hast du es fast geschafft. Vermutlich wirst du dennoch versuchen, dich einzumischen?"

„Weiß man es?" Der Alte zog an seiner Zigarette, und als er den Rauch in das Gesicht des Hageren pusten wollte, war dieser schon verschwunden.

„Schwätzer", dachte er und betrachtete seine Hand, die noch vor einer Stunde in Fetzen an ihm gehangen hatte. Sie war völlig unversehrt. Wieder kamen die Erinnerungen.

Sie legten sich über ihn wie eine Decke und der Alte schloss seine Augen, während er in Gedanken nach der Vergangenheit griff.

Als ich das nächste Mal die Augen aufschlug, war es dunkel. Ich lag in einem unbekannten, aber sehr bequemen Bett. Das riesige Kopfkissen war nassgeschwitzt und klebte an meinem Gesicht, doch fühlte ich mich gut wie nie zuvor. Man hatte mich nicht nur gewaschen, sondern mir auch Unterwäsche verpasst. Eine altmodische Feinrippkollektion und sogar Wollsocken.

Durch den Spalt der angelehnten Tür gegenüber drang Licht in das kleine Zimmer, in dem ich mich aufhielt, und als sich meine Augen an die Umgebung gewöhnt hatten, bemerkte ich Hemd und Hose, die – offenbar für mich bestimmt – über einer Stuhllehne hingen. Gesprächsfetzen aus dem Nebenraum drangen zu mir. So leise wie möglich zog ich mir die Kleidungsstücke an. Ein blau-kariertes Hemd aus grober Baumwolle. Eine grobe Stoffhose in dunklem Grau. Sogar ein Ledergürtel lag bereit. Den brauchte ich. Der Vorbesitzer der Hose musste kleiner und wesentlich korpulenter gewesen sein.

Ich hatte immer noch keine Ahnung, wo ich mich befand und was das Ganze bedeuten könnte. Aber ich steckte voller Kraft und Energie und so lauschte ich neugierig dem Gespräch aus der Küche nebenan. Dort saß der alte Mann mit dem Rücken zu ihm an einem kleinen Tisch, während eine Frau am Herd hantierte. Es roch durchaus einladend, was dort zubereitet wurde. Da sagte der Mann: „Es ist ein Wunder, ich weiß. Aber ich bin nicht meschugge. Es trat Hirn aus, als wir ihn fanden. Sein Kopf war offen. Dass sein Herz schlug, war ein Wunder. Dann steht er plötzlich auf, als wir ankommen. Potzblitz, wie kann das sein? Als wir ihn wuschen, war alles verheilt. Das macht mir Angst."

„Und du bist dir sicher?", fragte die Frau.

„Geh und frag Levi! Ich bin nicht meschugge. Und was war das mit dem Widerstand? Diese Tätowierung? Sie müssen ihn tagelang gepeinigt haben, die Nazis. Und warum ließen sie ihn leben und machten das Stigma? Ich will mit Politik nichts zu tun haben. Will ich nicht. Was habe ich immer gesagt?"

„Du hast gesagt, Hitler wird unser Verderben."

„Da hast du es. Und jetzt ist er Reichskanzler und dieser Schmock liegt in Levis Zimmer."

Ich hatte genug gehört. Offenbar war ich, wie auch immer, in die Fänge einer Familie aus Verrückten geraten. Hatte der mich gerade Schmock genannt? Und diese seltsame Art, zu reden? Waren das etwa Juden?

Eine Bande von verrückten Juden! Das hatte ihm noch gefehlt. Ruhig bleiben, befahl ich mir. Nachdenken. Was wusste ich?

Sofort spürte ich wieder den Schlag gegen meinen Kopf. Einen gewaltigen Rumms.

Ich sah den blutigen Dolch in meiner Hand. Ich hörte die Schreie. Untermalt seltsamerweise von einem jämmerlich gequälten Akkordeonklang.

Langezogen und unkontrolliert.

Und darüber die Stimme der alten Zigeunerhexe in meinem Kopf. Ich hatte einen Menschen getötet. Abgestochen wie ein Schwein.

Aber was ist danach geschehen? Wie konnte diese Menschenfresser-Judenbande, oder was auch immer sie waren, ihn schnappen?

Wieso nicht die Bullen? Was heißt „offener Kopf"?

Da betrat Esther die Küche. Sie setzte sich gegenüber von Schirmmütze auf den Stuhl. Sie war etwa einen Kopf kleiner als ich, hatte glänzende dunkle Haare zu zwei Zöpfen geflochten und alles, nur keine Hakennase. Sie hatte große dunkle Augen, feingezeichnete Augenbrauen, ihre Haut schimmerte wie Perlmutt, der Mund mit der vollen Unterlippe hatte einen ironischen Zug. Und sie besaß eine Stupsnase.

Während ich zuerst daran gedacht hatte, den Mann niederzuschlagen und schnell zu fliehen, starrte ich nun gebannt auf das unbekannte Mädchen, das mir gerade wie die schönste Frau der Welt vorkam. Da trafen sich unsere Blicke durch den Spalt der Tür, der sich, von mir unbemerkt, vergrößert hatte.

Ich spürte, wie ich rot wurde. Als hätte mich ein nasser Lappen im Gesicht getroffen, stolperte ich nach hinten und stieß dabei gegen eine kleine Kommode. Die darauf befindliche Vase stürzte zu Boden und zerbrach geräuschvoll. Der Lärm verstärkte meine Panik und ohne zu zögern, riss ich das kleine Fenster im Zimmer auf. Das heißt, nachdem ich den veralteten Mechanismus desselben begriffen hatte. Kühle Luft drang herein und ich spürte, dass mir der Schweiß im Gesicht stand.

„Hallo?", fragte eine bezaubernd hohe Stimme hinter mir, aber ich sprang kurzerhand aus dem Fenster. Glücklicherweise nur aus dem ersten Stock.

„Aua! Scheiße!", schrie ich bei der Landung. Ich hatte keine Schuhe an und war in eine Scherbe getreten. Trotz der höllischen Schmerzen humpelte ich, so schnell es ging, die Straße hinunter und hatte bald eine Entfernung zurückgelegt, die mir groß genug erschien, um innezuhalten und meine neueste Wunde zu begutachten. Verfolger waren keine in Sicht.

„Judenbrut …", murmelte ich. In einer schmalen Gasse hockte ich mich auf den Treppenabsatz. Eine Gaslaterne warf einen schmalen, flackernden Lichtschein herüber. Ich legte meinen rechten Fuß auf mein Knie und zog den blutigen Socken aus. Ich hatte damit gerechnet, eine klaffende Wunde zu erblicken, die der Menge an Blut gerecht wurde, die mein Socken bezeugte, doch musste ich zu meiner Überraschung feststellen, dass es nicht einmal einen Kratzer gab. So sehr ich auch meinen Fuß im Lichtschein verdrehte, er blieb unversehrt. Schmerzen verspürte ich auch keine mehr. Ich konnte es nicht fassen. Ich strich mir unter dem Hemd über die Brust. Selbst die Tattoos, die vor Stunden noch gebrannt hatten und blutig nässten, schienen verheilt. Ich zog die Socke wieder an.

„Die haben mir Drogen verpasst. Das ist ein Traum. Das alles hier", dachte ich.

„Ist es nicht", antwortete eine tiefe Stimme.

Vor Schreck blieb mir fast das Herz stehen. Wie aus dem Nichts erschienen lehnte rechts von mir ein großer, hagerer Mann an der Hauswand. Er trug einen altmodischen, leuchtend weißen Anzug mit einem auffallenden, schwarzen Rüschenhemd. Der Fremde sah mich an und ich erschrak nochmal, als ich die grünen Augen bemerkte. Sie leuchteten!

Ich sprang auf wie von einem Affen gebissen und knallte in der schmalen Gasse fast vor die gegenüberliegende Wand. Aber ich fing mich mit beiden Armen ab und sprintete los, vom Unbekannten weg, weiter in die Gasse hinein. Zu meinem Pech endete der Weg in einer Sackgasse. Den Abschluss bildete ein alter Stall. Das Tor hatte eine Höhe von knapp zwei Metern und war durch ein Vorhängeschloss abgeriegelt. Mir gelang es, das Tor zu überwinden und auf der anderen Seite landete ich relativ sanft auf einem strohbedeckten Holzboden. Auf allen vieren kroch ich in die nächste Ecke. Es war stockfinster. Ich versuchte mich hinzusetzen und warf mit lautem Getöse irgendwelche Gerätschaften um. Schaufeln oder Besen, die mit dem Dominoeffekt Gefäße aus einem Regal beförderten. Etwas landete auf meinem Kopf.

„Fuck!", rief ich und hatte plötzlich einen Schuh in der Hand. Er hatte ungefähr meine Größe. Langsam gewöhnten sich meine Augen an die Dunkelheit und ich sah mich um. Tatsächlich fand ich den zweiten Schuh auf einem Regalbrett über mir.

„Glück im Unglück", dachte ich und zog die Schuhe an. Sie passten perfekt. Grobes Leder und verdreckt, aber besser als nichts.

„Jetzt brauchst du nur noch eine Jacke, oder?", fragte wieder die Stimme.

Dieses Mal erstarrte ich vor Angst. Ich hatte niemanden hereinkommen sehen. Da war definitiv kein sichtbarer zweiter Eingang in den Stall. Und es handelte sich um die gleiche Stimme. Aber wo steckte der Kerl? Die Stimme kam von oben. Ich sah mich um. Tatsächlich saß die Gestalt mir gegenüber auf dem Heuboden und ließ die schlaksigen Beine, an deren Ende zwei spitze, schwarz-weiße Schuhe steckten, lässig baumeln.

„Ich bleibe mal hier oben, damit du nicht wieder Reißaus nimmst und wir uns endlich in Ruhe unterhalten können. Mein Name ist Niebel", eröffnete der Fremde.

„So sieht es also aus, wenn man wahnsinnig wird", dachte ich, wobei ich die leuchtenden grünen Augen der Gestalt fixierte, die sich Niebel nannte.

„Soweit würde ich nicht gehen. Dumm? Ja. Naiv? Ja. Sogar ein brutaler Mörder. Aber nicht wahnsinnig. Das wäre zu einfach."

Ich schluckte und mein Herz beschleunigte nochmal um ein paar Schläge.

„Sag mal, kannst du Gedanken lesen?"

„Klar, du nicht?"

Ich schwieg und tastete vorsichtig nach einem der Werkzeuge, das sich als Waffe benutzen ließe. Irgendwo rechts musste eine Schaufel liegen. Der Kerl war gruselig. Und bestimmt gefährlich.

Plötzlich stand der Kerl neben mir und hielt mir die Schaufel hin.

„Hier. Suchst du die?"

Ich erschrak fürchterlich. Ich sprang auf, rannte los und versuchte, das Tor zu überwinden, aber dieses Mal schaffte ich es nicht beim ersten Versuch.

Ich landete auf dem Hintern. Niebel packte mich jäh am Kragen, hob mich hoch und stellte mich wieder hin wie eine Schaufensterpuppe aus Styropor.

Die grünen Augen blickten zornig, als er sagte: „Es reicht. Wir müssen reden. Glaubst du, mir macht das hier Spaß? Dummkopf!"

Jetzt hatte ich endgültig die Beherrschung verloren. Ich bückte mich blitzschnell, nahm die Schaufel mit dem langen Stiel und schlug zu. Ich verstand es trotz meiner Jugend, mich zu wehren. Hart traf ich Niebel am Kopf. Die unheimliche Gestalt sackte auf die Knie und fiel seitlich um. Immer wieder trat ich zu. Dabei schrie ich wie am Spieß. Das erregte die Aufmerksamkeit der Anwohner. Lichter gingen an. Hunde fingen an zu bellen, aber ich trat wie im Wahn auf den am Boden liegenden Mann ein, bis der Lichtschein einer Laterne in den Stall fiel und das Tor geöffnet wurde. Erst da wurde ich wieder halbwegs klar im Kopf und nutzte meine letzte Chance. Ich überwand von Adrenalin durchflutet meinen Schrecken, stürmte hinaus und schubste dabei den Mann brutal beiseite, der den Stall geöffnet hatte. Ich rannte die Gasse hinauf, zurück auf die Straße und dann immer weiter, bis meine Lungen zu platzen drohten. Aber ich blieb nicht stehen, sondern ging konzentriert weiter. Völlig außer Atem und zitternd.

„Das ist ein Alptraum. Oder ich bin tot. Und das ist die Hölle", dachte ich, als die Angst der Verzweiflung wich und ich wieder einen klaren

Gedanken fassen konnte. Ich lief weiter. Es gab irgendwann keine Häuser oder Laternen mehr auf meinem Weg und die Sterne am erstaunlich klaren Himmel spendeten das einzige Licht. Die Luft war klar und frisch. Es tat gut und trotz aller Verzweiflung beruhigte ich mich langsam. An einer Wegkreuzung bog ich auf das Geratewohl rechts ab. Als mir eine Friedhofsmauer den Weg versperrte, ging ich zurück und wählte den anderen Weg. Dieser führte zu einer größeren Straße, die wie alle bisherigen aus Kopfsteinpflaster bestand. Bald bemerkte ich eine seltsame Schienentrasse, als die erste Laterne wieder meinen Weg beleuchtete. Beim Anblick des Straßenschildes blieb ich zum ersten Mal stehen.

„Luxemburger Straße? Das ist die Luxemburger?", sagte ich halblaut. Ich beschleunigte meine Schritte, bis ich an eine größere Kreuzung kam.

„Dann muss das der Militärring sein!"

Bevor ich mir darüber klar werden konnte, wie ich diese Information nutzen könnte, hörte ich ein Motorengeräusch. Hinter mir näherten sich zwei trübe Scheinwerfer. Offensichtlich bewegte das Fahrzeug sich langsam und in leichter Schlangenlinie. Als es mich endlich erreichte, stellte sich heraus, dass es sich um einen Oldtimer handelte. Ein Ford Modell A. Mit seiner langen Schnauze und den großen Rädern erinnerte das klapprig wirkende Gefährt mich, der keine Ahnung von diesen Dingen hatte, an eine Seifenkiste. Das Verdeck war offen und der Fahrer winkte fröhlich, bis er neben mir anhielt.

Der Fahrer streckte den rechten Arm in die Höhe.

„Sieg Heil, mein junger Herr. Mit in die Stadt?"

Ich bemerkte die Hakenkreuzbinde am Arm des Unbekannten.

„Hopp, hopp!" Der Nazi öffnete die Beifahrertür.

„Also jetzt wird es wirklich schräg", dachte ich, aber ich stieg ein und setzte mich auf die Sitzbank neben den Fahrer. Ich hatte Freunde, die bei

passenden Anlässen auch solche Armbinden trugen. Der Nazi gab sofort Gas und das Fahrzeug setzte sich verhalten in Bewegung, begleitet von ein paar Fehlzündungen.

„Baujahr 1929! Kaum bewegt. So gut wie neu", erklärte der Mann und klopfte auf das sparsame Armaturenbrett. Ich starrte auf die Haken-kreuzbinde. Dann fiel mir der Schnurrbart auf. Hitleresk. Leider aber war mein Fahrer weder mit Gesichtszügen noch dem nötigen Bartwuchs ge-segnet, um einen Führer-Schnörres mit Flair tragen zu können.

„Toll. Danke fürs Mitnehmen."

„Durst?" Der Mann zauberte von irgendwo eine Flasche Bier hervor und hielt sie mir hin. Ich nahm sie und öffnete den Schnappverschluss.

„Flensburger?", fragte ich.

„Ehrenfelder", antwortete der Unbekannte, der mich offenbar falsch verstanden hatte.

Ich zuckte mit den Schultern und trank die Flasche in einem Zug aus.

„Mein lieber Junge, da hat der Kamerad aber Durst gehabt", meinte der Fahrer. „Wir feiern auch schon seit zwei Tagen. Fahr jetzt zum „Früh am Dom". Da geht es weiter. Kommst mit? Wie heißte? Bin der Ewald. Seit vier Jahren in der Partei."

„Hi Ewald. Zeit hätte ich", sagte ich, während meine Gedanken verrückt-spielten.

„Jawoll, heil", sagte Ewald und streckte den rechten Arm zum Führer-gruß.

FÜNF

Etwa zwei Stunden später wartete Karl keine 500 Meter vom weißhaarigen Alten entfernt auf seine Bahn, die mittlerweile 18 Minuten Verspätung hatte. Er befand sich auf dem Weg zur Schule, obwohl sein Gemütszustand ihm versprach, jede Konzentration auf den Unterrichtsstoff zu boykottieren. Er stapfte über den Bahnsteig, soweit das bei all den wartenden Fahrgästen gelang und zischte alle 30 Sekunden einen Fluch wie „Fuck!". Die Verspätung bedrückte ihn nicht ansatzweise so sehr wie die Angst vor der Prüfung beim *Deutschen Widerstand*.

Er hatte bisher nichts von Leuten gehört, die dort versagt hatten oder aus anderen Gründen abgelehnt worden waren. Das konnte sowohl gut als auch schlecht sein. Aber er wusste, dass grundsätzlich nicht mit weichen Bandagen geboxt wurde. Es waren halt *harte* Jungs. Manchmal entsetzte ihn die Gewaltbereitschaft genauso wie die Komplexität der Vernetzung in den Kreisen, in denen er sich bewegte. Es konnte sein, dass man ihm eine echte Waffe in die Hand drückte, um wer weiß was anzurichten. Tief unter den Schichten von Zorn und Unzufriedenheit empfand sich Karl als durchaus friedliebend. Das führte mittlerweile zu einer beachtlichen Ambivalenz, weswegen er gelegentlich seine Selbstzweifel mit der Flucht nach vorne zerstreute. Wie hier:

„Heil Hitler, ihr Ölaugen!", begrüßte er eine Gruppe aus südländisch wirkenden Jugendlichen, die die Rolltreppe hochkam. Er erntete jedoch nur Getuschel und unverständliche Blicke. Kopfschütteln. Man gönnte ihm nicht die Aufmerksamkeit einer handgreiflichen Auseinandersetzung.

„Schön hier in Deutschland, ihr Hurensöhne!", rief er ihnen hinterher. Ein Mädchen mit Kopftuch aus der Truppe blickte sich um und als Karl dies mit einer aggressiven Geste kommentierte, schüttelte sie mitleidig den Kopf und ging weiter.

„Ihr bekommt mein Land nicht", nuschelte Karl trotzig und zündete sich eine Zigarette an. Den Rauch pustete er einem Mann ins Gesicht, der die Szene von der Seite beobachtet hatte. Wieder Kopfschütteln, während dieser mit der Hand den Rauch wegschlug.

Endlich kam die Bahn und Leute standen in Trauben vor den Türen, als sie sich öffneten. Wie immer stieg eine große Zahl an Fahrgästen am Wiener Platz aus, so dass Karl sofort einen Sitzplatz ergatterte. An der Wand direkt vor ihm prangte ein Aufkleber. Darauf stand:

„JUSOS in der SPD gegen rechts"."

Abgebildet war eine Faust, die eine rote Rose hielt und ein Hakenkreuz zerschlug. Zugegeben, ein schlecht gemachter Aufkleber, aber er reichte, um Karls Laune endgültig auf den Tiefpunkt zu bringen.

„Fuck! Scheiß Zeckenpack!", rief er so laut, dass man sich in der Bahn zu ihm umdrehte. Karl bemühte sich, den Aufkleber ohne Rücksicht auf seine Fingernägel zu entfernen. Er schabte mit dem Daumennagel unregelmäßige Furchen durch das Papier, da tippte ihn ein groß gewachsener Fahrgast auf die Schulter: „Sag mal, was hast du an *Nazi, kratz ab* nicht verstanden?"

Karl erstarrte. Der unverschämte Mann begann, schallend zu lachen und zitierte einen Satz aus „Highlander":

„Was immer Ihr wollt, Krautfresser, Ihr seid doch die Herrenrasse! Bleib lieber sitzen, Skinny. Und mach schön weg, den Dreck. Die Arbeit steht dir."

In Karl entflammte abgrundtiefer Zorn. Aber er hatte sich noch im Griff. Übermütig legte der Fahrgast, ein kräftiger Riese von einem Mitt-Vierziger, seine Hand auf Karls Schulter: „Und nur falls man sich nochmal begegnet: auf meinen Hamburger bitte keine Gurke." Der Mann lachte schallend über seinen plumpen Witz.

Karl zu berühren, hatte Konsequenzen, denn nun explodierte er buchstäblich. Er packte den Arm des selbstbewussten Fahrgastes, sprang auf und verdrehte ihn, dass es knackte. Der Große schrie auf mit schmerzverzerrtem Gesicht, in das Karl kurz hintereinander zwei kräftige Faustschläge platzierte. Karl entlud seinen angesammelten Frust, schlug nochmal auf den Mann ein. Endlich packten ihn ein paar andere Fahrgäste und ersparten dem vorlauten Riesen wahrscheinlich einen längeren Krankenhausaufenthalt.

„Du linker Penner! Dummes Kommunistenschwein. Du Jude!", schrie Karl, da öffnete sich die Tür der Straßenbahn und man warf ihn einfach hinaus. Er landete unsanft auf dem Hintern. Die wartenden Fahrgäste auf dem Bahnsteig, die vorher seinem Sturz ausgewichen waren, bestiegen nun kopfschüttelnd die Bahn. Der blutüberströmte Riese brüllte noch: „Du Scheiß-Nazi!", dann schlossen sich die Türen und die Bahn fuhr davon.

„Das ist heute wirklich nicht der Tag, um in die Schule zu gehen", dachte Karl und rieb sich seinen Hinterkopf. Er rollte sich auf alle viere und stand auf.

„Fuck! Mein Rucksack!", fluchte er, als er sich umsah und besagten nicht fand. Der Umstand, dass zahlreiche Schulsachen mit Namen und Adresse beschriftet waren, gab ihm in erster Linie die Gewissheit für eine nachfolgende Anzeige wegen Körperverletzung. Die würde die Rückgabe seiner Sachen erheblich trüben. Karl empfand keine Empathie für sein Opfer. Ihn beschäftigten nur Konsequenzen für sich selbst. Nicht unüblich bei pubertierenden Teenagern. Was tun? Seine Mutter würde toben. Sogar im nüchternen Zustand, was jedoch höchst unwahrscheinlich war. Karl machte sich ernste Sorgen um die Befindlichkeit seiner Mutter. Ein ganzes Jahrzehnt an der Flasche hatten unübersehbare Spuren hinterlassen und Ärzte befürchteten inzwischen, dass die inneren Organe nicht mehr lange mitspielten. Wovon sollten sie die Behandlungen und Operationen dann bezahlen, die die Kasse nicht übernahm, wie Simon ihm versichert hatte?

„Und die Kanacken bekommen alles hinten reingeschoben", hatte er gesagt und erneut stieg Wut in Karl auf. Er griff in die Hosentasche und fühlte den Fünf-Euro-Schein, den seine Mutter ihm hingelegt hatte, damit er sich etwas zu essen kaufen konnte. Ohne eine Idee, was er, anstatt in die Schule zu gehen, nun machen sollte, spazierte Karl auf der Berliner Straße zurück in Richtung Wiener Platz. Er steckte sich die letzte Zigarette an, die nach kurzer Zeit von Blut befleckt war. Angeekelt warf er sie weg. Er wusste ja nicht, wessen Blut an der Kippe klebte. Unauffällig untersuchte er sein Gesicht und die Hände auf Verletzungen. Dann beschloss er: „Alles linkes Zeckenblut." Zum ersten Mal seit dem Vorfall begann er leicht zu lächeln. Irgendwann erreichte er die Spielhalle in der Buchheimer Straße. Nach Hause gehen kam nicht in Frage, denn dort müsste er seiner Mutter erklären, was passiert war. Mehmet wollte er noch weniger begegnen und außerdem drückte dieser mit hoher Wahrscheinlichkeit gerade die Schulbank, um sein Abitur zu schaffen. Karl zog den Geldschein aus der Tasche und betrat die Spielhalle. Er kam nicht weit.

„Junge. Halt! Ausweis?", verlangte ein sehniger junger Mann, der sofort auf ihn zukam. Der Mann, türkischer Abstammung, starrte ihn mit unverhohlener Abneigung an. „Was ist, Junge?", hakte er nach. Karl schubste ihn mit beiden Händen beiseite, aber der Mann fing sich sofort und packte von hinten Karls rechten Arm und drehte ihn auf den Rücken.

„Junge, willst du Stress? Hä? Warum machst du?" Er schob ihn mit verdrehtem Arm zurück zum Eingang und schubste ihn auf die Straße, wo er unsanft zum zweiten Mal an diesem Morgen auf dem Hintern landete.

„Junge, bleib bloß weg! Hausverbot! Scheiße, du!"

„Halt dein Maul, Kanacke! Ich mach dich fertig!", brüllte Karl, immer noch auf dem Boden liegend. Der junge Türke hatte sich schon daran gemacht, wieder die Spielhalle zu betreten, drehte sich aber animiert von Karls Beleidigung ruckartig um. Da ergriff Karl die Flucht.

„Scheiß Dreck Nazi! Komm nicht wieder, Junge, verstehst du!", rief ihm der Mann hinterher. Karl rannte weg, mehr von Wut denn von Angst angetrieben. An einem Büdchen blieb er stehen und verschnaufte. Der Geldschein befand sich noch in seiner Hand, wenn auch völlig zerknüllt. Karl stürmte in das Geschäft. Dort kaufte er sich ein Fläschchen Jägermeister und zwei Flaschen Bier. Den Kräuterschnaps vertilgte er noch im Geschäft und warf das Fläschchen achtlos in die Richtung des Tresens, was der ältere Besitzer, ebenfalls türkischer Abstammung, nur mit einem Kopfschütteln quittierte.

„Alles in Kanackenhand? Oder was?", brüllte Karl. Dann verließ er das Geschäft und stand wieder auf der Straße. Er öffnete ein Bier mit seinem Feuerzeug und spülte den Geschmack des Kräuterschnapses mit einem kräftigen Schluck des Gerstensafts hinunter. Dann spazierte er in Richtung Wiener Platz.

„Was für ein beschissener Tag", dachte er.

Zwei Dinge wirkten gleichzeitig: Auf nüchternen Magen machte sich fast unmittelbar der Alkohol bei Karl bemerkbar, was seine Unzufriedenheit mit einer Art Euphorie würzte. Sein Gang sprühte vor Angriffslust. Ein weiterer Gesichtspunkt bestand darin, dass Karl von seinen neuen Freunden eines gelernt hatte: Für alles, was einem widerfährt, lässt sich ein Schuldiger finden. Es bestand demnach kein Grund, bei sich selbst nach Fehlern zu suchen.

SECHS

Der Alte wartete am Wiener Platz. Hier würde Karl schon bald auftauchen. Das wusste er.

Ihm fielen nun auch andere Dinge ein. Dinge, die schon sehr lange her waren. Es war, als ob sich ein Vorhang, der bisher nur einen Spalt freigegeben hatte, durch den man einen Teil der Bühne sehen konnte, nun ganz geöffnet und ihn zum Teil des Stückes gemacht hätte. Der Alte spürte förmlich den Fahrtwind und die harte Sitzbank des Oldtimers, in dem er saß.

„Hast du keine Fragen?", kam es plötzlich von der hinteren Sitzbank.

Ich drehte mich um und da saß die unheimliche Gestalt, die sich mir Stunden zuvor als Niebel vorgestellt hatte.

„Fuck!", rief ich zu Tode erschrocken.

Der Nazi blickte nach hinten und fragte: „Was ist geschehen? Was meinst du mit Sack?"

Er sah Niebel nicht und hörte ihn offenbar auch nicht.

Ewald wirkte verwirrt und sah abwechselnd in meine Richtung und wieder auf die Straße. Dann schien ihm die Erleuchtung zu kommen, denn er begann zu grinsen.

„Schon einen über den Durst? Verträgste wohl nichts? Wenn wir bei den Kameraden sind, hältste dich besser an mich. Sonst verpassen die dir noch 'ne Sonderbehandlung."

„Ich stimme dahingehend mit diesem Abschaum überein, dass du deine Impulsivität besser kontrollieren solltest. Nochmal: Hast du keine Fragen? Falls ja, was ich vermute, sollten wir nochmal versuchen, ein vernünftiges Gespräch zu führen. Bitte einfach nicken, nicht sprechen. Bevor du diesen Kretin komplett verwirrst", meinte Niebel.

Ich nickte mehrmals, dann starrte ich stur auf die holperige Straße. Als ich mich das nächste Mal umdrehte, war Niebel zum Glück verschwunden.

„Ja, ja, der Jude", sinnierte Ewald. „Wie siehst´n das?"

„Ich bin gegen die Umvolkung. Deutschland war lange genug Zahlmeister der EU! Merkel muss weg!", sagte ich mechanisch. „Fuck Deep State!" Ich ging einfach über in den Modus „Smalltalk mit gleichgesinnten Freunden". Zugegeben, mit den Anglizismen haperte es noch.

„Was ist ein Merkel?"

„Äh ... Was?"

„Merkel."

„Die holt die Flüchtlinge zu uns."

„Welche Flüchtlinge? Juden?"

Mir stand Schweiß auf der Stirn, obwohl der Fahrtwind bei sagenhaften vierzig Stundenkilometern recht kühl in mein Gesicht wehte. Da erinnerte ich mich an eine Passage aus einem bestimmten Buch.

„Indem ich mich des Juden erwehre, kämpfe ich für das Werk des Herren", zitierte ich mit ernster Stimme.

Ewald griff unter die Sitzbank und präsentierte mir eine Flasche Bier.

„Jetzt verstehen wir uns. Los hier. Angriff! Auf den Führer!"

Er nahm eine weitere Flasche hervor und öffnete sie. Dann stieß er mit mir an.

„Auf die neue, nationalsozialistische Judenpolitik! Heil Hitler!"

„Heil."

Wir fuhren über den Barbarossaplatz. Hätte mein Fahrer dies nicht erwähnt – ich hätte ihn um nichts in der Welt erkannt. Im Zentrum stand ein vergleichsweise winziger Kreisverkehr und die Gebäude erschienen mir allesamt fremd. Pittoreske Gebäude, genauso schön wie surreal. Sie passten nicht in mein Bild vom Barbarossaplatz. Eher in eine Komödie mit Heinz Rühmann und Theo Lingen. Ich verstand die Welt nicht mehr und fing an, die Theorie von einer persönlichen Hölle zu favorisieren.

„Fuck!", entfuhr es mir.

„Ha, ha. Sack, Menschenskind, was bedeutet das? Sack?"

„Ich weiß es nicht, Ewald. Entweder bin ich im Himmel oder in der Hölle."

„Du bist in Kölle!"

„Zeitmaschine. Ich bin in der Vergangenheit!", dachte ich. Eine halbe Stunde später parkte Ewald das Vehikel nahe am Hauptbahnhof. Der Dom sah aus wie immer. Das blöde Metallgerüst am Turm fehlte allerdings. Entsetzt bemerkte ich, dass die meisten Häuser an den Fenstern eine Hakenkreuzfahne präsentierten. Hier und da waren Stellen, wo es gebrannt hatte. Oder etwas verbrannt worden war.

„Ich bin in der Vergangenheit", dachte ich.

Dann fragte ich Ewald, als sie ausstiegen: „Ewald. Du hast jetzt ja krass Party gemacht, was geht ab noch?"

„Was habe ich gemacht?", erwiderte der Nazi, augenscheinlich genervt.

Ich spürte förmlich, wie Ewalds anfängliche Sympathie mir gegenüber wich. Kein Wunder. Aus seiner Perspektive musste ich wie ein kompletter Irrer wirken. Vorsicht war angebracht. Ich überlegte. Dann versuchte ich, bei meinen nächsten Worten zu lächeln. Natürlich misslang das, und ich stammelte mit der Mimik eines gehetzten Geisteskranken: „Du hast ...“ Ich riss den rechten Arm nach oben. „...den Sieg gefeiert. Wie würdest du den Augenblick in einem, äh, zum Beispiel Geschichtsbuch beschreiben?“

Ewald schwieg eine halbe Minute, wobei er den Blick zu seiner rechten Seite gewandt hielt. Dann blieb er wie versteinert stehen und hob theatralisch einen Arm.

Gerne darfst du raten, welchen. Und betont feierlich sprach er: „Der fünfte März 1933, oder was war gestern? Der vierte? Egal!“

Er holte einen Flachmann raus und trank. Dann setzte er nochmal mit seiner Rede an: „Was am 30. Januar im Jahre 1933 begann, war die Befreiung Deutschlands. Und am fünften März hat das deutsche Volk gewählt.“

Er holte tief Luft und schrie: „Heil Hitler!“ Dann hob er beide Arme und schloss die Augen. Was mir derweil durch den Kopf hallte, war folgende Erkenntnis: „Ich bin sowas von am Arsch.“

Da öffnete Ewald die Augen und erblickte einen jungen Mann, der zwei Schritte entfernt vorbeieilte und ihn mit zugegeben deutlicher Abneigung ansah.

„Was willst du? Was glotzte so. Bist'n Jude, oder? Ein Jud! Wolltest mir an den Säckel!“ Ewald war blitzschnell bei dem Mann, packte ihn am Hals und würgte ihn, bis er auf die Knie sackte.

„Und der Jud schickt seine Brut ...“, schrie er und schlug ihm das Gesicht auf das Kopfsteinpflaster. Das Geräusch ging durch Mark und Bein. Anschließend fing er an, den armen Mann mit Tritten zu traktieren.

Ich fand, das Geschehen nahm eine Richtung an, die ich für unvertretbar hielt. Ich versuchte, Ewald zu packen, um ihn von seinem Opfer wegzuzerren, da zückte Ewald ein Messer.

„Der will den abstechen!", dachte ich entsetzt.

Ich warf mich in unergründlicher Weise rückwärts auf den jungen Mann am Boden.

Ich wollte die Waffe abwehren, beiseite schlagen, doch Ewald war zu schnell. Er stach das Messer in meinen Hals. Ich schrie kurz auf, obwohl es nicht wirklich weh tat, und trat Ewald mit voller Wucht gegen das rechte Knie.

Der Nazi sackte auf den Boden, ich richtete mich auf und packte Ewalds Arm. Mein Blut spritzte ins Gesicht des Gegners. Ich erinnerte mich an Techniken aus dem Selbstverteidigungskurs, den ich mit anderen Hooligans in Tschechien besucht hatte.

Ich hielt den Arm fest gepackt, stürmte vor und verdrehte ihn, wobei ich meine Position wechselte. Ich stand nun hinter Ewald. Dann schlug ich mit der anderen Hand auf das Gelenk, den Arm fest im Griff und bis zur Grenze verdreht.

Ewald schrie auf, als sein Knochen brach. Aus seinem Ellenbogen ragten blutige Knochenstücke. Ich rappelte mich vollständig auf. Da erst bemerkte ich, dass immer noch das Messer in meinem Hals steckte. Ich griff es mit links, zog es heraus. Erstaunlicherweise blutete meine Wunde nicht mehr.

Ewald jammerte vor Schmerzen, zitternd. Auf dem Boden in Embryonalstellung gekrümmt. Ich war rasend vor Wut und holte mit der Klinge aus. Weiter kam ich nicht.

Die Waffe explodierte in meiner Hand mit einem hellen Blitz. Und war verschwunden. Dafür stand Niebel plötzlich vor mir. Der junge Mann richtete sich auf, nachdem die Misshandlung durch Ewald aufgehört hatte, und war von der Erscheinung Niebels ebenso überrascht wie ich. Niebel sah ihn kurz an und nickte ihm respektvoll zu.

Im nächsten Augenblick gab es ein schmatzendes Geräusch und der Mann krümmte sich, brach zusammen. Ich entdeckte sofort das Messer, das aus der Brust des jungen Mannes ragte, wobei die lange Klinge bis zum Schaft im Körper des Opfers steckte.

Ich erstarrte. Dann fiel mir auf, dass ich selber noch lebte. Ich fasste mir an den Hals, spürte keine Verletzung, fühlte keine Wunde.

Niebel stand plötzlich hinter mir und legte mir den Arm auf die Schulter.

„Komm jetzt."

Niebels grüne Augen begannen zu glühen. Alles verschwand. Ein Augenzwinkern später saßen wir auf einer Bank und blickten auf den Rhein. Ich brach zitternd zusammen. Dabei rutschte ich fast von der Bank, doch Niebel hielt mich fest.

„Du bist mir vielleicht ein Herrenmensch", murmelte Niebel. Schwer zu sagen, ob es die Geräusche waren, die ich während meines Nervenzusammenbruchs von mir gab, die Niebel nervten, oder ob er geplant hatte, mich zumindest eine Zeitlang zu peinigen.

Nach ungefähr fünf Minuten, blies er mir ins Gesicht. Sofort entspannte ich mich, setzte mich sogar aus eigener Kraft kerzengerade hin und starrte Niebel wortlos an.

Der griff hinter sich und hatte plötzlich ein Tablett mit zwei Gläsern Rotwein in der Hand.

„Hier, nimm. Rotwein ist gut für deine roten Blutkörperchen. Du hast fast einen Liter verloren. Blut, meine ich. Nicht Rotwein. Den gebe ich aus. Zum Anlass unseres ersten Briefings. Zum Wohl."

Als ich das Glas abgriff, verschwand das Tablett und wir stießen an. Reiner Reflex – ich hatte keinesfalls vor, höflich zu sein. Ich trank, sah Niebel in die grünen Augen und schwieg.

„Ich stelle fest, du hast dir die meisten Fragen inzwischen selbst beantwortet. Beeindruckend, wie du diesen Nazi zum Reden gebracht hast."

Da platzte es aus mir hinaus: „Wieso hast du den unschuldigen Mann umgebracht? Was willst du von mir, Arschloch?"

„Immerhin wolltest du den Nazi töten. Er wäre dann dein zweites Opfer gewesen, das du mit dem Messer getötet hättest. Und du hast immer im Internet vor Merkels Messermännern gewarnt, du scheinheiliger Tropf. Der andere musste sterben. Jetzt war es, wie vorherbestimmt, der Nazi, der den armen Kerl getötet hat. Aber das hat für ihn keine Konsequenzen. In sieben Jahren stirbt er allerdings an der Front, wenn auch nicht im Kampf. Er fällt in Polen vom Pferd und bricht sich dabei das Genick. Wie vorherbestimmt."

Niebel ließ seine Worte einen Augenblick wirken. Noch bevor ich etwas erwidern konnte, erklärte er: „Pass auf. Ich kürze das jetzt mal etwas ab. Du bist ja ein schlaues Kerlchen und wirst sicher verstehen, was jetzt kommt."

Niebel unterstrich die letzte Aussage mit einem zufriedenen Grunzer.

„Drei Sachen vorab. Kurz und schmerzlos. Du bist verflucht. Du bist im Jahre 1933. Zeitgleich zur Reichstagswahl am fünften März. Du wirst von jetzt an leben, bis du 100 bist. Und mir auf die Nerven gehen. Keine Ahnung, warum es 100 Jahre sein müssen. Glaub mir, es gibt im ganzen Universum keinen Zyklus, der sich an diesem elenden Dezimalsystem orientiert, aber so ist es nun mal. Klar?"

Als ich den Mund öffnen wollte, brachte er mich mit erhobenem Zeigefinger zum Schweigen.

„Ich bin noch nicht fertig!", mahnte er. „Wunden verheilen. Nichts kann dich töten. Du selbst auch nicht. Der einfache Ausweg ist dir also versperrt. Und frag bloß nicht, warum sie mir ausgerechnet dich aufgehalst haben. Glaub mir, die haben mir schon schlimmere als dich geschickt. Und bessere. Du hast irgendeine Aufgabe, soviel weiß ich, aber die Details kenne ich auch nicht, also frag nicht erst. Aber sonst, und jetzt kommen wir zum letzten Punkt, bevor wir nochmal auf unsere langwährende Beziehung anstoßen: Du hältst dich zurück. Solche Aktionen wie vorhin lasse ich dir in Zukunft nicht durchgehen. Verstehst du mich, oder soll ich deutlicher werden?"

Er wartete meine Antwort nicht ab und sagte: „Es ist dir nicht gestattet, den Lauf der Dinge zu verändern. Solltest du es versuchen, ist es meine Aufgabe, dein Chaos aufzuräumen. Bis zum Schluss. Und glaub mir: Es macht mir nur mäßig Freude, Arschlöchern wie dir hinterherzukehren."

„Ich bin in der Hölle. Ich bin tot."

Niebel war kein Unmensch. Also, klar, natürlich war Niebel kein Mensch, somit logischerweise ein Unmensch.

Aber er benahm sich nicht wie ein … ach, lassen wir das. Fragte man Niebel, hätte dieser mit Sicherheit ganz andere Dinge als Altruismus und Menschenfreundlichkeit als Beweggründe angeführt.

Beispielsweise, dass es zu seinen Aufgaben gehörte, seinen Klienten gebührend über seine Umstände aufzuklären und sicher zu gehen, dass dieser Situation und Spielregeln zweifelsfrei verstanden hatte. Und so wie dieser hier gerade aussah, war er irgendwann während Niebels Vortrag in Schockstarre verfallen.

Niebel musterte sein Gegenüber ein paar Sekunden lang, seufzte dann genervt.

Nein, dachte er. Der war ausgeschaltet. Konnte das alles nicht verdauen. Naja, das war ja auch zu erwarten gewesen.

In seiner ganzen Karriere hatte Niebel erst ein einziges Mal erlebt, dass einer seiner Klienten das Info-Gespräch anstandslos hingenommen und weder Unglauben noch Schock noch sonst was gezeigt hatte. Das war vielleicht ein komischer Vogel gewesen …

Egal, schalt sich Niebel. Jetzt geht es um den aktuellen Klienten. Und vor allem um Niebel selbst. Er konnte sich nämlich besseres vorstellen, als nachts in Nazihausen rumzuhängen und darauf zu warten, dass dieses Arschloch hier wieder ansprechbar war.

Also legte er wieder den Arm auf Karls Schulter.

Nur ein Zwinkern seiner glühenden Augen später saßen sie beide in Ewalds Modell A., Niebel auf dem Fahrersitz – wo auch sonst?

Das Automobil stand am Hauptbahnhof, wo Ewald es geparkt hatte.

Da lag die Leiche des jungen Kerlchens, dort standen ein paar Nazis herum und nur kurz vom parkenden Wagen entfernt sah ein herbeigeeilter Arzt sorgenvoll nach Ewalds Armbruch.

Keine Spur von Schutzmännern.

Das übliche Bild: braune Uniformen, hochgereckte Arme, martialisches Gehabe, der gewohnte großkotzige Humbug.

Wie hätte es auch anders sein können?

Bei allen Shedim und beliebigen anderen Dämonen, überlegte Niebel, Colonia Agrippina war mal so eine schöne Stadt gewesen. Und jetzt? Alles voller Faschisten. Er schüttelte angewidert den Kopf, dann blickte er sich im Wagen um.

„Irgendwo muss doch hier …", murmelte er, dann: „Da!" Er war offensichtlich fündig geworden, bückte sich und griff zwei der Bierlaschen aus Ewalds fahrzeuginternem Bunker.

Plop! Plop! Dann flößte Niebel seinem immer noch katatonischen Klienten auch schon eins der Biere ein. Während dieser hustend und spuckend wieder ins Hier und Jetzt stürzte, kippte auch Niebel sein Bier recht zügig hinunter.

„Hey, Ewald", brüllte er dann zu dem Verarzteten hinüber, der ihn verdutzt zur Kenntnis nahm. „Wie viele Nazis braucht man, um eine Glühbirne zu wechseln?"

Der Angebrüllte starrte nur verständnislos – der Arzt auch, aber um den ging es Niebel nicht.

„Was? Wie?", brachte er schließlich heraus. Aber zur Antwort bekam er nur Niebels leere Bierflasche an den Kopf geworfen. Dann zündete Niebel den Motor und drückte mit einem manischen Grinsen und übermütigen Glühen in den Augen aufs Gas.

„Man braucht gar keine Nazis!"

Niebel knallte mit satten 70 Stundenkilometern die Hohestraße runter, während ich mich einigermaßen erholte und mein Hustenanfall nahtlos in einen Panik- und Schreianfall überging. Es ließ sich kaum sagen, wer oder was lauter war: der heulende Motor, Niebels wahnhaftes Gelächter oder meine Angstschreie. Was für ein Irrenhaus war das hier nur?

„Pass auf!", brüllte ich. Niebel lachte nur.

Ich sah diese zerbrechliche Klapperkiste von Auto vor meinem geistigen Auge schon an irgendeiner Hauswand zerschellen oder in eine Menschentraube rasen. Ich schrie und schrie und schrie. Schade eigentlich, denn in meiner Panik verfehlte ich es vollkommen, die wunderschöne Gründerzeit-Architektur zu würdigen, die links und rechts die Straße säumte.

Eigentlich hätte ich keine Angst haben brauchen. Niebel war ein Teufelsfahrer! Jedes Hindernis umfuhr er in letzter Sekunde, jedes aufgeschreckte Häuflein feiernder Nazis konnte so gerade eben im letzten Moment noch aus dem Weg hechten. Es grenzte wirklich an ein Wunder, dass keiner ernsthaft verletzt wurde. Und außerdem:

„Du hast es nicht verstanden, was, Junge?", schrie Niebel über den Lärm des Motors und versetzte mir eine Ohrfeige, die unter normalen Umständen wohl schallend genannt werden müsste, sich aber gegen die aktuelle Lärmkulisse beim besten Willen nicht durchsetzte.

„Unsterblich! Unverwundbar!", brüllte er weiter, griff zwei weitere Flaschen, zog die Handbremse, schlug das Lenkrad hart rechts ein und bog mit quietschenden Reifen in die Schildergasse. Plop! Plop! Und schon waren wir am Warenhaus Tietz vorbeigerast (stockdunkel, die Fenster mit Brettern zugenagelt, die Türen verrammelt.

Davor eine grölende Meute betrunkener SA-Männer, die sich leider wieder alle in Sicherheit begeben konnten). Ich wurde ordentlich hin und her geschleudert – Oldtimer mögen schön aussehen, aber ihnen mangelt es erschreckend oft an Komfort und Sicherheit. Niebel schien das alles nichts auszumachen. Er lachte und lachte und lachte und – zack, wie ein Blitz aus Frommheit und Gotik – huschte zur Linken die Antoniter Kirche vorbei.

„Un-Ver-Wund-Bar!", wiederholte Niebel. Kurz bevor wir die Einmündung zum Neumarkt erreichten, wandte er sich zu mir um und erklärte: „Das hier ist für die Sache mit der Schaufel, du Rübenbauer!" und trat mit aller Wucht auf die Bremse. Mit unnatürlicher Ruckartigkeit kam das Automobil zum Stehen. Niebel machte das nichts aus. Ich aber …

Ich erwähnte bereits, dass Oldtimer generell keine sonderlich sicheren Gefährte waren – jedenfalls aus einer 2017er Perspektive nicht. Bei der Einführung der allgemeinen Gurtpflicht wurde das Modell A schließlich schon lange nicht mehr hergestellt. Und im Gegensatz zu Niebel war ich echt nicht der Typ dafür, physikalischen Gesetzen zu trotzen.

Ich flog also in hohem Bogen aus dem Sitz durch die Windschutzscheibe, über die lange Schnauze des Wagens, knallte mit dem Kopf voran auf die Straße – Knack! Niebel bejubelte den exakten Moment, in dem mein Hals brach – titschte noch ein paar Mal auf und kam dann recht rüde in ungefährer Höhe der Richmodisstraße zur Ruhe.

„Fürchterlich entstellt ...", so überlegte Niebel, während er seelenruhig ausstieg, sein Bier zu Ende trank und die groteske Szene betrachtete, „...wäre ein sehr übertriebener Ausdruck."

Er hatte schon sowohl Fürchterlicheres als auch Entstellteres gesehen. Aber er war schon ein wenig stolz darauf, einen neuen persönlichen Rekord im Arschlochweitwurf aufgestellt zu haben.

SIEBEN

Am Wiener Platz angekommen, drückte Karls Blase sehr heftig, und er betrat das hiesige amerikanische Fast Food-Restaurant, um sich zu erleichtern. Sofort verspürte er Hunger beim Betreten des Etablissements. Die Düfte heißer, fettiger Nahrungsmittel pflegten derartige Wirkung zu zeigen.

Da stand er, pleite, frustriert und voller Wut. Machte sich fast in die Hose. Er kam sich jämmerlich vor, was seinen Zorn steigerte. Er suchte in dem fast menschenleeren Geschäft eilig die Sanitäranlagen auf. Ein Gast stieß mit ihm zusammen, als er gehetzt die Männertoilette betreten wollte. Schmerzverzerrt hielt Karl sich die Stirn. Dann blickte er auf, in das Gesicht eines Türken, der zu seinem eigenen Pech große Ähnlichkeit mit dem Aufpasser in der Spielhalle hatte.

„Fuck! Noch so ein verdammter Kanacke! Das wirst du büßen, du scheiß Ölauge!"

Der Mann hatte keine Chance, etwas zu sagen oder sich zu entschuldigen. Zum zweiten Mal an diesem Morgen verlor Karl die Kontrolle. Er stieß den Gast zurück in die Toilette und schlug ihm gezielt ins Gesicht. Einmal, zweimal und beim dritten Mal ging der Mann zu Boden. Seine Geldbörse fiel ihm aus der Hand und landete vor Karls Füßen. Dieser traktierte sein Opfer weiter mit Tritten. Der Mann versuchte verzweifelt, mit den Armen sein Gesicht zu schützen.

Karl ließ endlich ab von ihm und hob die Geldbörse auf.

„Oh, wen haben wir denn hier? Aha. Ein deutscher Pass? Wen wollt ihr eigentlich verarschen? Das ist nicht euer Land!"

Er nahm den Personalausweis an sich. Da entdeckte er das Geld. In dem Portemonnaie steckten knapp 600 Euro. Karl nahm sie. Der Mann versuchte aufzustehen. Karl trat ihm nochmal gegen den Kopf. Der Mann sackte zusammen.

„Liegen bleiben, du Jude! Das behalte ich!"

Der Alte schüttelte angewidert den Kopf, als Karl im Laufschritt das Schnellrestaurant verließ. Er stand am Fuße der Treppe gegenüber vom Eingang der Unterführung, in die Karl zunächst eilig flüchtete, bis er plötzlich zurückeilte und anfing, gegen die blaue Säule zu urinieren.

Passanten verpassten ihm Sprüche und schimpften. Aber Karl strullte wie ein Brauereipferd. Erst jemanden brutal zusammentreten und sich fürs Pinkeln schämen? Niemals. Er pinkelte, was das Zeug hielt und schnell hatte sich eine beachtliche Urinpfütze gebildet, um die die alle angewidert einen Bogen machten.

„Warum?", sagte der Alte kopfschüttelnd zu sich selbst.

Karl begann wieder zu laufen, knösterte dabei an seinem Hosenstall. Ein Spießrutenlauf, bei dem Leute ihn auslachten oder anpöbelten.

„Wenn *du* das nicht weißt ...", kam die Antwort von dem hageren Mann im grauen Anzug, der plötzlich direkt vor dem Alten auf der Treppe saß.

„Du hast mir gerade noch gefehlt. Was willst du?", fragte der Weißhaarige. „Ich brauche keinen Aufpasser mehr."

„Na, ja. Wir wollen doch auf dem letzten Meter nichts anbrennen lassen. In den letzten Jahrzehnten ist mir klar geworden, dass du zu allem fähig bist."

„Ich hatte dir versprochen, mich nicht einzumischen."

Der hagere Mann lachte lauthals. Aber keiner der wenigen Passanten schien sich daran zu stören. Vielmehr sahen sie den Alten an, wie man jemanden ansah, der einem nicht geheuer war, weil er Selbstgespräche führte.

„Verpiss dich einfach, Niebel!"

„Ich mache nur meinen Job. Lass uns irgendwo Kaffee trinken. Ich zahle."

„Und ich scheiße auf dein Geld."

Und doch folgte er Niebel in eines dieser *typisch kölschen* Büdchen.

Eines, in dem die gewohnten schnauzbartbewehrte Jeansjackenträger und Jogging Attire-Aficionados herumhingen, am Monatsanfang ihre Stütze versoffen und den Rest der Zeit anschreiben ließen.

Eines, in dem den ganzen Tag über Musik dudelte, die so schlecht wahr, dass man sie nicht wahrnahm, weil der Körper einen automatisch davor schützte.

Was Perspektive doch ausmachte.

Eines, in dem der Rhythmus besagter Musik ständig vom Düdeln und Klingeln zweier Spielautomaten gebrochen wurde.

Eines, dessen Namen schon unverhohlen des Büdchens Natur verkündete: *Em Loch*.

Oder: *En d'r Joss*.

Stehcafe Dante.

Oder auch einfach: *Hartz4 Kiosk*.

Eines, in dem permanent ein wildgewordenes ADHS-Kind herumrannte, sich dabei die Seele aus dem Leib brüllte, Tittenheftchen aus dem Regal riß und keinen der trübe vor sich hin trinkenden Schnauzbärte schien das zu stören.

Die Luft eine Mischung aus Rauch, Schalbiergeruch, Lebensmittelaromen, Alkohol, einer Prise Urin und Trostlosigkeit.

Der Alte schaute seinen Begleiter an.

„Na los, ich nehme auch 'n Kölsch."

Und wies auf den Kühlschrank.

Taptaptaptap.

„ERNIMMTAUCHNKÖLSCHAAAAAAAAAAAAA!!!", brüllte das ADHS-Kind im Vorbeirennen.

„Und ein *MONSTER Energy* für das Kind, bitte! Hahaha!", empfahl Niebel für alle Anwesenden außer dem Alten unbemerkt.

Der Alte kümmerte sich ums Bier und wandte sich dem Dämon zu.

„Ich werde nie verstehen, warum du nicht mit Knall und Blitz und Rauch und Pferdefuß erscheinst. Ein bisschen Pomp und Prunk, ein kleines Spektakel… Das wäre doch genau deins, oder?"

„Prinzipiell schon", gestand Niebel ein. „Aber für so ein Würstchen wie dich fahre ich doch nicht die großen Geschütze auf. Außerdem …"

Taptaptaptap: „DEINEMUTTASCHWITZTBEIMKACKENAAAAAAAAA!!!"

„Außerdem …"

Aber der Alte zog es dann doch vor, aus diesem Seelenverkäuferladen zu verschwinden, anstatt hier weiter mit Niebel rumzuhängen. Er drehte sich auf dem Absatz um, ließ Niebel stehen und flüchtete aus dem Lärm, dem Mief und dachte wieder zurück an die Anfänge, wo er dem Dämon begegnet war:

Unsterblich? Vielleicht, mochte sein. Er hatte oft genug versucht, dem Ganzen ein Ende zu setzen. Unverwundbar? Sah danach aus. Da machte das Rauchen richtig Spaß. Schmerzresistent? Das leider nicht.

Das wusste auch Niebel …

„Tut weh, nicht wahr?", grinste Niebel, als mein geschundener Körper zumindest soweit wieder zusammengewachsen war, dass ich die mir angebotene Bierflasche hätte greifen können, wenn ich dazu nicht viel zu beleidigt und – nachvollziehbarerweise – stocksauer auf Niebel gewesen wäre.

„Keine Sorge, uns kann jetzt niemand sehen, wir sind ganz unter uns. Du kannst mir ruhig von deinen Gefühlen erzählen."

„Fugg! Fu flöger Fichfer!", zeterte ich los, sobald ich wieder meine Zunge im Mund spürte und machte Anstalten, mich auf Niebel zu stürzen. Dem Selbstverteidigungskurs in Tschechien zum Trotz: Keine Chance, dazu war ich noch viel zu kaputt. Mein „Angriff" sah eher nach amateurhaftem Marionettenspiel als nach Aggressionsbewegung aus.

Der Dämon trat mir mit voller Wucht ins Gesicht, beziehungsweise wie Niebel selbst es ausgedrückt hätte: Bämm! Voll in die dumme Nazi-Hackfresse! Niebels Schuhe waren nicht nur schwarz-weiß, verdammt stylisch und aus gehärtetem Minotaurusleder. Sie waren vor allem auch spitz, so dass die Wucht des Trittes sich auf eine möglichst kleine Aufprallfläche konzentrierte.

„Also", hob Niebel an und holte zu einem zweiten Tritt aus, „nochmal zum Mitschreiben!" Bämm! Voll in die dumme Nazi-Hackfresse! Das war's mit meinem Unterkiefer – naja, zumindest für die nächsten zwei oder drei Minuten.

„Du bist verflucht!"

Und verflucht geile Schuhe waren das. Minotaurusleder ist von Natur aus schon ultrahart. Und dann nochmal extra gehärtet? Mit denen gestiefelt zu werden, musste einfach höllisch wehtun. Aber immerhin mit Style!

Ich ließ die Hände sinken und ...

Bämm! Voll in die dumme Nazi-Hackfresse!

„Alles, was ich weiß, ist", sagte Niebel, „dass du von jetzt an bis zum fünften März 2017 leben wirst. Beziehungsweise …"

Weils so schön war: Bämm! Ihr wisst schon …

„… leben musst. Bis zu dem Tag, an dem du den großen, unverzeihlichen Fehler machst."

Trotz der Schmerzen bemerkte ich in diesem Moment nur eines: Die Schuhe des Dämonen waren vollkommen blutresistent. Es perlte einfach an ihnen ab wie Öl von Robbenbabies. Oder so. Offenbar hatte der Wichser sich die Dinger beim Schuster beschafft, von der Stange waren die jedenfalls nicht.

Ich lag inzwischen ruhig da, in einer Lache Blut, kaum ein Knochen ungebrochen, überall Zähne, nur nicht, wo sie sein sollten. Sicher ein hässlicher Anblick. Und doch, ich spürte deutlich, wie ich mich erholte.

„Und irgendwas musst du erledigen. Eine Aufgabe. Ein …", er brach ab, „wie heißt das nochmal? Verdammt, ich komm nicht drauf …"

Niebel verfiel in Grübelei, ich heilte unter unglaublichen Schmerzen vor mich hin.

„Ach, ist ja auch egal. Zumindest hast du damit bis zum fünften März 2017 Zeit. Klingt vielleicht viel, ist es aber nicht. Oder doch. Weiß ich, ehrlich gesagt, auch nicht. Wenn du bis dahin nicht … naja, machst, was du machen sollst, dann …"

Niebel verstummte bedrohlich.

„Waff dann?", keuchte ich zwischen Wimmern und Weinen.

„Ehrlich gesagt, weiß ich das auch nicht. Ich mach nur Außendienst."

Niebel zuckte mit den Schultern. „Kann aber nichts Gutes sein, glaub mir. Ach ja: Und du darfst nichts tun, um die Geschichte zu verändern. Hast ja bestimmt schon mal „Zurück in die Zukunft" gesehen, oder? Oder *eine andere Zeitreise-Story. Oder vielleicht sogar mal was gelesen. Dann kennst du das ja."*

Er überlegte kurz. „Das dürfte es eigentlich gewesen sein", entschied er dann, zog aus der Innentasche seines Anzugs eine elegante Taschenuhr, studierte diese und murmelte: „Also, wenn jetzt keine Fragen mehr sind, dann ..."

„Doch, halp, warpe, aua", jammerte ich. Ich hatte inzwischen begriffen, dass Niebel meine einzige Chance war, zumindest ein bisschen Sinn in meine durcheinandergeratene Welt zu bringen.

Bämm! Voll in die dumme Nazi-Hackfresse! Und wieder ein gebrochener Kiefer. Na gut.

„Keine Fragen? Nein?"

Ich machte Laute, gestikulierte wild.

„Na gut, keine Fragen, keine Antworten", sagte der widerliche Huren-sohn von einem Dämon.

„Hier hast du ein paar Reichsmark. Wenn die alle sind, reden wir noch-mal. Such dir ein Zimmer, iss was. Und nimm ein Bad; du siehst ganz schön Scheiße aus."

ACHT

Karl stand unter einer Brücke zwischen geparkten Autos und sah ganz schön scheiße aus. Der Gestank von Urin und Taubendreck beleidigte jedes Geruchsempfinden, doch er nahm das gar nicht wahr. Zum zweiten Mal zählte er das Geld und immer noch zitterten die Hände dabei. Sechshundertdreißig Euro. Das war mehr, als seine Mutter monatlich vom Amt bekam.

Auf der einen Seite hatte er Gewissensbisse. Zum ersten Mal hatte er jemanden bestohlen und brutal zusammengeschlagen. Ihm war klar, dass es sich dabei um eine echte Straftat handelte. Räuberische Körperverletzung oder so. Zumindest etwas, wofür er in den Bau kommen könnte. Seine Gedanken spielten verrückt. War er erkannt worden? Hatte der Mann ihn schon einmal gesehen? Bei Mehmet im Laden? An der Straßenbahnhaltestelle? Im REWE? Oder sonst wo im Viertel?

Die Pinkelaktion hatte mit unauffälliger Flucht wenig gemein. Klassisches Eigentor. Jeder würde ihn wiedererkennen. Oder nicht? All die Leute, die ihn verspottet hatten? Irgendwer hatte bestimmt gefilmt. Jede Wette, das gab's jetzt schon auf YouTube.

„Und was wäre, wenn er den Mann mit dem finalen Tritt getötet hatte?" fragte Engelchen auf seiner linken Schulter.

„Kanacken sind zäh", rief er sich Simons Spruch in Erinnerung. „Und nichts wert. Untermenschen, die unser Land ausrauben."

Das Geräusch, als sein Stiefel den Kopf des Türken traf, versetzte ihm in Gedanken einen Schauer des Entsetzens. Fuck, was hatte er nur getan, Untermenschen hin oder her?

„Wir haben nur einmal den Spieß umgedreht", beruhigte ihn Teufelchen auf seiner Rechten sofort, und die Gewissensqualen verwandelten sich

wieder in den Freudentaumel eines Kindskopfes, der sich für unbesiegbar hielt. Nein, Karl hatte sein Vaterland verteidigt. Gegen Überfremdung, Islamisierung und Sozialmigration. Ein kleiner Sieg für Deutschland, aber ein Sieg, der gefeiert werden musste!

„Verdammt, ich brauche was zu trinken!", rief er lauter als beabsichtigt.

„Na dann Prost!", antwortete darauf ein zufälliger Passant auf der anderen Straßenseite. Karl, aus seinen chaotischen Gedanken gerissen, erschrak heftig und steckte das Geld weg. Er wartete, bis der unliebsame
Fußgänger weitergezogen war, und wischte den gestohlenen Personalausweis von beiden Seiten mit dem Ärmel seines Hoodies ab, dann
steckte er ihn in den Spalt eines Gullys. Weg mit diesem Hohndoku-
ment.

Was sollte er als Nächstes tun? Also, außer sich schnellstens etwas Küh-
les, Nasses zu besorgen. Seine Mutter durfte von alldem nichts erfahren. Es würde ihr das Herz brechen, wenn sie wüsste, dass … Und selbst
das Geld musste er vor ihr verstecken. Kurz flammte die gute Seite in
ihm auf. Engelchen riet ihm, seiner Mutter einfach alles zu beichten in
der Hoffnung, dass sie ihm helfen würde (hülfe wäre korrekt, klingt aber
gruselig), die Sache in Ordnung zu bringen. Doch am Ende siegte Teufelchen. Sogar mit dem schlagenden Argument, dass Karls Mutter nicht in
der Lage war, irgendjemandem zu helfen, am wenigsten sich selbst.

„Geld, das man ausgibt, kann keiner finden", dachte sich Karl.

Mit dem kleinsten der erbeuteten Geldscheine kaufte er sich im nächsten Kiosk Zigaretten und zwei weitere Flaschen Bier. Er spazierte hinunter zum Rhein und am Ende saß er an exakt derselben Stelle, an der sich
am Morgen der Alte aufgehalten hatte. Dort trank er sein Bier, derweil
sein Kopf keinen klaren Gedanken fassen wollte. Er nahm sein Smart-
phone hervor und suchte in den Kontakten jemanden, den er anrufen
könnte. Dann kam ihm eine Idee und er wählte eine Nummer.

Eine halbe Stunde später klingelte Karl bei einer Wohnung im Birkenweg in Köln Höhenhaus. Die Häuser in der Straße erinnerten stark an die Knappschaftssiedlungen im Ruhrgebiet, in denen man ebenfalls auf die Hausnummer angewiesen war, da alle Behausungen identisch und ähnlich sanierungsbedürftig aussahen. Der Türöffner ächzte und Karl vernahm schon im Treppenhaus dumpfe Musik, die anschwoll, als ihm im ersten Stock ein hakennasiger junger Mann mit Ziegenbart die Tür öffnete.

„Karl, mein Kamerad, das ging schnell. Habe die Maschine schon gereinigt. Alles ruhig an der deutschen Front? Komm rein!"

„Hallo Till", begrüßte ihn Karl und sie nahmen sich in die Arme – no homo, versteht sich; eine kurze, kameradschaftliche Umarmung bei gleichzeitig fest gedrückter Faust, mehr nicht. Dann zog Till Karl auch schon an der Schulter in die Wohnung.

„Schöner Zwirn, geile Runen", lobte er Karls Jacke.

„Setz dich irgendwo hin. Das ist *Klinge*, auch ein alter Kamerad. Hier!"

Er zeigte auf Karl. „Der junge Mann heißt Karl. Ein Freund von Simon. Habe ihn auf meinem letzten Konzert in Plauen kennengelernt."

Der glatzköpfige Mann in schlichter, schwarzer Harrington-Jacke zeigte mit einer sagenhaften Geschwindigkeit den Kühnengruß. Wie beim Hitlergruß wird der rechte Arm gestreckt aber Daumen, Zeige- und Mittelfinger werden abgespreizt. Die anderen Finger bleiben angewinkelt. Das sah aus, als wollte er einen Ballon in der Luft zum Platzen bringen. Karl nickte nur, inzwischen einigermaßen angetrunken, und setzte sich auf einen freien Sessel. Das Wohnzimmer war in der Art eingerichtet, dass man meinen könnte, die Möbel stammten von den Großeltern. Ein Fliesentisch hätte das Ganze abgerundet.

Stattdessen stand dort ein schlichter, runder Holztisch, der die Couch-Sitzgruppe - zwei Sessel, ein Dreisitzer, beiges Leder – abrundete. Darauf lag ein Stapel Flyer, die ein Konzert von Till ankündigten. Er trat als

Liedermacher in der rechten Szene auf. Nur er, seine Gitarre und Songs, die vor Pathos trotzten. Und vor Rechtschreibfehlern – aber die sang Till ja nicht mit. Das Geschäft lief gut, denn er wurde oft auch zu kleineren Anlässen eingeladen, wenn er nicht auf Rechtsrockfestivals in ganz Europa spielte.

Die Texte mochten die nationale Sache und völkische Belange behandeln – für Karl, der Till in der Tat schon ein paar Mal live gesehen hatte, war dessen Musik trotzdem Hippiekacke. Aber das hätte er Till natürlich nie ins Gesicht gesagt. Karls Musikgeschmack änderte jedoch nichts daran, dass in der Szene eine irre Nachfrage nach aufrechtdeutschem Liedgut bestand. Tendenz steigend, wie du dir denken kannst.

Till war mehrfach wegen Volksverhetzung angezeigt worden, was seinen Kultstatus in gewissen Kreisen gewaltig steigerte. Leider überstiegen die Anwaltskosten jeglichen, dem Popularitätsgewinn zu verdankenden, finanziellen Profit. Nicht zuletzt deshalb pflegte er, als Tätowierer die Kasse aufzubessern. Ohne Gewerbeschein selbstverständlich. Wozu einen Staat unterstützen, der die Umvolkung finanzierte? Das wäre ja sozusagen Verrat.

An einer Wand standen verschiedene Akustikgitarren und sogar eine kleine Gesangsanlage.

An den Wänden prangten Konzertplakate:

„Rock gegen Überfremdung II" und „Rock against Communism".

Auftritte, auf die Till stolz war. Sein Oberkörper war unbekleidet und Karl konnte zahlreiche Tattoos bewundern.

Vom Totenkopf der SS, geschmückt durch den Satz „Meine Ehre heißt Treue", bis zu kunstvollen, detaillierten Zeichnungen von Asgard war alles dabei. Die krassen Motive verteilten sich so, dass Till sie entweder an den sichtbaren Stellen abkleben konnte oder sie durch Kleidung ohnehin verdeckt wurden. Auf Karl wirkte Till sehr inspirierend. Und endlich besaß Karl das Geld, um ihn zu bezahlen, endlich bekam er sein erstes Tattoo.

„Karl, was kann ich für dich tun?", fragte Till nun in geschäftsmäßigem Tonfall und stellte ihm eine geöffnete Flasche Bier hin.

Klinge stand auf und sagte: „So, ich muss weiter. Schön dich kennengelernt zu haben, Karl. Ein guter deutscher Name. Heil!"

Er nickte ihm zu. Till begleitete seinen Gast zur Tür.

In Karls angeduseltem Kopf überschlugen sich derweil die Gedanken. Welches Motiv sollte er wählen? Er konnte sich JEDES leisten.

Till kam zurück und setzte sich auf den Sessel gegenüber.

„Und?"

„Ich weiß nicht. Was wäre denn cool? Ich kann bezahlen."

„Wo?"

„Cash."

„Nein! Wo soll das Tattoo hin?"

Karl kratzte sich am Kopf. Dann beschloss er: „Brust!"

„OK. Hemd aus. Ich zeig dir ein paar Sachen."

Karl sah sich mit freiem Oberkörper ein paar Zeichnungen in Tills Katalog an. Allesamt verbotene Symbole, Hakenkreuze in allen erdenklichen Variationen, Logos von NS-Organisationen, SS, SA, HJ und so weiter.

Zitate von der Waffen-SS oder aus *Mein Kampf* in kräftigen gotischen Lettern. Runen, Unmengen von Runen, mehr Runen als in einem Einführungskurs Altskandinavistik.

Auf den nächsten Seiten folgten keltische Symbole, wieder Kreuze, mal mit, mal ohne Haken.

Er blätterte weiter, sah Portraits drahtiger Wehrmachtsmänner und bärtiger Wikinger. Panzer und Flugzeuge – Karl erkannte den Tiger und den Stuka – dann noch mehr Runen; auf den letzten Seiten schließlich zu politischen Slogans umfunktionierte Firmenlogos – das Nike-Logo mit dem Schriftzug „Nazi" statt „Nike", „White Power" in der Coca-Cola-Schrift und dergleichen.

Trotz der Vielfalt der sich ihm bietenden Optionen, diente, was jetzt kam, nicht der Verschönerung, sondern der Uniformierung. Karl wollte die Tätowierung, um sichtbar dazuzugehören; Teil der Gemeinschaft zu sein, die sich gegen die Umvolkung wehrte. Er sah sich bei den „Guten".

Er tippte auf eine Zeichnung. „Ich will die schwarze Sonne auf der rechten Schulter. Und ..." Er nahm ein anderes Blatt. „Und das hier in groß auf der Brust."

„Deutscher Widerstand! Da arbeiten wir noch die 444 rein, wenn du willst. 4eutscher Wi4erstan4. Das ist sehr anständig. Macht 350 Euro und kann sofort losgehen. Und für die linke Schulter bekommst du noch eine schöne Othala-Rune für lau, mein Kamerad. Für die Symmetrie, ha, ha. Sind wir im Geschäft?"

Till schnappte sich die Gitarre, die ihm am nächsten stand und begann zu klimpern. „Eigentlich müsste ich heute noch etwas üben. Für meinen nächsten Gig. Du kommst doch zum Festival?"

Karl, ohne Idee, um welches Konzert es sich handelte, nickte heftig und legte das Geld auf den Tisch.

„Woher hast du die Kohle?"

Karl, zufrieden, diesem furchtbaren Angeber etwas entgegensetzen zu können, verschränkte die Arme hinter dem Kopf und lehnte sich zurück, dass das Leder des fürchterlichen Sessels knarrte. Mit etwas tieferer Stimme, die leicht den Singsang des rechten Barden imitierte, sagte er: „Sagen wir mal so: Ich habe Dönersteuer eingetrieben." Warum sollte, wer Gutes tat, nicht auch damit angeben können?

Er zeigte ihm die lädierten Fingerknöchel.

„Herrlich. Bin stolz auf dich, Kamerad. Verdammt stolz. Aber jetzt trink einen tüchtigen Schluck aus der Whiskeyflasche. Das wird gleich richtig wehtun. Ha, ha!"

„Ein Soldat kennt keinen Schmerz!", versprach Karl und setzte die Flasche an den Mund.

Etwa eine Stunde später machten sie bereits zum zweiten Mal Pause. Wie sich herausgestellt hatte, eignete sich Karl offenbar nicht zum Militärdienst. Die Luft war geschwängert von dem Geruch nach Schweiß, Nikotin und Alkohol. Selbstverständlich hatte Till mit der Rune angefangen, da es sein „Geschenk" war.

Während Karl sich von der neuen Erfahrung des *Tätowiert-Werdens* erholte, klimperte Till auf der Gitarre und sang dazu verschiedene Textpassagen aus seinen Songs.

„Mein Land, meine Grenzen! Es hallt der Ruf der Wölfe ..."

Karl drückte seine Zigarette aus.

„... unsere Rechte, unser Volk. Vereint im ... Verdammt, was reimt sich auf Wölfe?"

„OK, lass uns weitermachen."

Till schlug noch einen Akkord an und grinste wie ein Hai.

„Bitte."

„Alles klar, Karl. Du bist hart wie ein Wikinger, weißt du das, Junge?

„Mmh."

Till stellte die Gitarre weg und stand auf. Er verteilte den Rest der Whiskeyflasche auf ihre beiden Gläser und fragte: „Junge, was weißt du über Asgard?"

Um Zeit zu gewinnen, trank Karl einen Schluck, bevor er lallend antwortete:

„Asgard iss das Heim der Asen. Im Norden auss Richtung des Gebirgäs fälltn Strom durch Swithjod, der Tanais heißt; davor Tanaquisl oder Wanaquisl; der Fluss strömt ins schwarssä Meer. Das Land dasswischn hieß damals Wanaland und teilt alless in drei Erdteile; Asia, Europa und nochwass. Das Land im Ossen vom Tanaquisl in Asia hieß Asaland und die Hauptburg ist Asgard."

Trotz seines stark alkoholisierten Zustandes zitierte er auswendig jenen Abschnitt, den er irgendwann einmal zufällig gelesen hatte. Karl vergaß nichts.

Till nickte, als ob er mit mindestens dieser Antwort gerechnet hätte. Dann zog er seine Handschuhe wieder über und schaltete die Tätowiermaschine ein. Das fiese zahnbohrerhafte Geräusch ließ Karl zusammenzucken.

„Dann mal ran an die Brust. Das letzte Tattoo an der Schulter wirst du gar nicht mehr spüren, wenn wir hier fertig sind." Beim ersten Eindringen der Nadel wurde Karl fast schwarz vor den Augen.

Man sagt ja, dass Erlebnisse in Zusammenhang mit Schmerz sich besonders einprägen. Ebenso bei Freude und Glücksgefühlen, aber das kam bei Karl eher selten vor. Till quatschte unentwegt, während er tätowierte. Karl musste hilflos zuhören.

„Wann wirst du 18?"

„Neunundzwanzigstervierter!", ächzte Karl.

„Dann darfst du wählen. Was wählst du?"

„NPD."

„Quatsch."

„Quatsch?"

„Du wählst AfD. Das gehört zum Plan. Spätestens in zwei Jahren haben wir die Partei erobert und dann holen wir im Osten die Mehrheit, später im ganzen Land. Nicht aggressiv nach vorne! Ganz langsam und dann wird der Austausch verhindert. Unsere Leute auf allen Positionen. Lehrer! Kindergärtnerinnen! Stadträte! Bürgermeister! Die NSDAP hatte auch keine absolute Mehrheit, verstehst? Alles unterwandern, der Presse das Maul stopfen. Umerziehen. Dann holen wir uns das Land zurück. Wenn wir an der Macht sind. Am verfickten Tag X!"

„Hoffennnlich" lallte Karl.

Till hörte auf und gab Karl eine leichte Ohrfeige.

„Hey. Das ist wichtig. Da sind gute Leute dabei. Höcke, Kalbitz, Arppe. Verstehst du? Erst schön friedlich, hier und da mal etwas durchsickern lassen, verstehst du? Um die Kameraden zu uns zu holen, verstehst du? Alle heim ins Reich. Schön Honig ums Maul, wie Holger immer sagt, und dann? Zack! Dann stellen wir alle an die Wand. Und holen uns unser Land! Kennst du nicht Kubitschek? Warte mal!"

Er legte die Maschine weg und nahm wieder die Gitarre. Er schlug einen Akkord und sang: „Wir holen uns unser Land. Dann stellen wir alle an die Wand ..."

Karl nutzte die Pause und steckte sich eine Zigarette an, während Till summte und klimperte. Mittlerweile bereute er fast die ganze Aktion und betrachtete im Handspiegel den Fortschritt.

„4EUTSCH" stand auf seiner rechten Brusthälfte. Die Rune, natürlich auf der rechten Schulter, hatte Till mit Salbe und einem transparenten Verband – na gut, Frischhaltefolie, aber Tills Kunden fühlten sich mit einem „Verband" deutlich wohler – behandelt. Das Tattoo sah für Karl schlimm aus und tat höllisch weh. Es würde sich bestimmt entzünden. Karl fühlte sich beinahe wieder nüchtern. Fuck, ihm fiel ein, dass er heute noch gar nichts gegessen hatte. Da klingelte sein Telefon. Simon rief an. Karls Herz schlug ihm plötzlich bis zum Hals.

„Hallo?"

„Karl, alter Haudegen. Mann, Mann, Mann. Warst du das? Die Bullen waren schon bei deiner Mutter! Wo bist du, du Teufelskerl!"

„Aber was...?" Karl blieb nun das Herz fast stehen.

„Wo bist du? Keine Angst, die können nichts beweisen! Wo, verdammt!"

„Ich bin bei Till. Wegen Tattoo und so. Ich ..."

„Bleib da. Bin in einer Stunde bei dir."

„Äh, ich kann da jetzt eh schlecht weg. So mittendrin ..."

Doch Simon hatte bereits aufgelegt.

Karl sah Till an.

„Simon kommt."

„Schön. Lass uns weitermachen."

Die von Niebel zur Verfügung gestellten „paar Reichsmark" entpuppten sich als deutlich mehr, als ein deutscher Arbeiter im gesamten Jahr 1933 verdiente.

Nicht, dass ich das gewusst hätte; über Wirtschaftsgeschichte des Dritten Reiches hatte ich schließlich nie ein Referat gehalten. Aber ich wusste, dass es viel war.

In der Schule hatte ja die blonde Julia Klamatschke ein Referat über die Weimarer Republik und die Inflation gehalten.

Zugegeben, das ging mir damals am Arsch vorbei, immerhin war ich noch ein Teenager gewesen – Verzeihung, Heranwachsender, wie das die Herrenrasse ausgedrückt hätte, dazu noch heimlich verknallt in Julia.

Wie dem auch sei, ich ging davon aus, dass unter Hitler die Wirtschaft wieder brummte, es Deutschland wieder besser ging. Die Zeiten, in denen man für ein Ei fünftausend Mark bezahlen musste, waren vorbei. Dafür hatte der Führer persönlich gesorgt, hieß es.

Wie viele Eier ich mir mit dem Bündel Scheine in meiner Tasche hätte leisten können, wusste ich zwar immer noch nicht genau, aber ich konnte mir ausrechnen, dass man im Dritten Reich mehr Eier dafür hätte haben können als in Weimarer Zeiten.

In der Tat könnte ich leben wie ein König, beziehungsweise Führer.

OK, mein Körper mochte sich von allen Verletzungen erholen. Meine Kleidung leider nicht. Und von allein wusch sich mein gesammelter Dreck auch nicht von der Haut.

Und naja … wenn man nach Sonnenuntergang in einer politisch angespannten Lage das Domhotel, das Continental oder das Adler betritt, *gekleidet in komplett zerrissene und zerlumpte Fetzen gekleidet („wie ein Zigeuner aussieht") und dabei noch aufdringlich nach den Strapazen des Tages duftet („wie ein Jude stinkt"), wenn man also vollkommen verwahrlost in das Foyer eines Luxushotels stolpert, dann wird man vom Portier – Verzeihung, Türsteher – schneller wieder auf die Straße befördert, als man sein absurd dickes Bündel Scheine aus der Innentasche hervorkramen kann.*

Hätte mir klar sein sollen.

„Du blödes Arschloch!", brüllte ich dem Portier hinterher. „Ich habe Kohle, du Hurensohn!"

Doch der Mann hatte mir längst den Rücken zugekehrt, nachdem er mich unsanft auf das Pflaster befördert hatte.

Ich sah dabei zu, wie sich die Schramme auf seinem Knie mit affenartiger Geschwindigkeit von selbst schloss.

„Irre", dachte ich.

Es war spät, die Geschäfte hatten zu. Ich fand mich wohl oder übel damit ab, dass ich heute wohl nirgends mehr neue Klamotten kaufen könnte. Morgen aber, nahm ich mir vor, würde ich als erstes nach einem Laden Ausschau halten.

Und wo könnte ich mich jetzt waschen? Verdammt, wo und wie wuschen sich die Leute damals überhaupt? Ich erinnerte mich an ein Foto in einem Schulbuch, das zwei alte, verbitterte Damen in schwarzen Kleidern und einen großen Waschzuber gezeigt hatte. Fuck, nope, auf sowas hatte ich echt keinen Bock. Von fiesen alten Tanten abgeschrubbt zu werden, nee, lass mal. Außerdem wusste ich nicht, wo ich überhaupt diese waschwilligen Alten finden sollte.

Aber was sonst? Im Rhein? Wuschen sich die Kölner früher im Rhein? Könnte ja sein. Vielleicht waren es nur die Wohlhabenden, die sich einen großen Holzbottich und unsympathische Wäscherinnen dazu leisten konnten? Und die normalen Leute wuschen sich halt im Rhein?

Scheiß drauf, verdammt! Ich war einer von den harten Jungs. Und harte Jungs wuschen sich nicht mit dem Pöbel im Fluss. Nein, ich würde in die nächste Kneipe stolzieren, als gehörte sie mir, dort wie selbstverständlich das Klo aufsuchen und mich am Waschbecken reinigen. Da gab es Seife, warmes Wasser und Papierhandtücher. Und jeden, der mich davon abhalten wollte, würde ich mit meinem Harte-Jungs-Blick herausfordernd fixieren. Sollte sich einer was trauen.

Es war wie im Western: Die Tür flog auf, die Musik erlahmte schlagartig, Dutzende schweigender Cowboys starrten mich, den Neuankömmling, an. Nur halt mit braun uniformierten Nazis statt Cowboys. Und dem betrunken gegrölten Horst-Wessel-Lied statt flottem Klaviergeklimper.

Im Western hätte es sich bei einem Neuankömmling auch um einen richtig Harten Kerl gehandelt. Kaltschnäuzig, abgebrüht, cool und schnell mit dem Colt.

Aber der harte Kerl, der ich sein wollte, verpuffte wie eine Fehlzündung bei diesen verfickten Oldtimern draußen. Auge in Auge mit einer ganzen Kneipe voller SA-Männer verließ mich mein Selbstvertrauen schlagartig.

Ich schluckte. Die Nazis starrten.

Waren ihre Blicke anfangs schon keineswegs einladend gewesen, so wurden sie langsam richtig feindselig. Als aber das erste geknurrte „Wer ist der Penner? Kennt den jemand?" ertönte, hatte ich den rettenden Einfall. Ich zückte das Bündel, knallte wahllos ein paar Scheine auf den Tisch, reckte den Arm in die Höhe und rief so laut ich konnte: „Trinkt auf den Sieg, Kameraden! Auf die Revolution! Sieg Heil!"

Zwei Stunden später hatte ich mich nicht nur waschen können (die dafür bereitgestellten Utensilien entsprachen bei weitem nicht meinen Erwartungen), sondern war auch im Besitz einer schmucken braunen Uniform (zwei Nummern zu groß, aber das nahm ich dankbar in Kauf) und eines gültigen Ausweisdokuments (Parteiausweis – „Foto machste morgen, klebste dann noch rein, passt schon").

Überdies hatte ich eine Menge neuer Freunde gewonnen. Kein Wunder, wenn man 300 Reichsmark auf den Tresen knallt und den ganzen Laden einlädt.

So geschah, dass ich die Nacht nicht wie ein Penner unter irgendeiner Brücke schlafen und mich im Rhein waschen musste, sondern bei meinen Volks- und Parteigenossen, meinen neuen Kameraden, Unterschlupf fand.

Das, dachte ich mir damals, war eigentlich gar nicht so schlecht.

ZEHN

Für Karl verging eine Ewigkeit, doch er brauchte keine Pause mehr.

Till redete ohne Unterlass, doch Karl hörte kaum zu und antwortete nur nach Aufforderung, wenn Till wieder eine Bestätigung für seinen nicht enden wollenden Sermon brauchte.

Karl fand das Gelaber mittlerweile unerträglicher als die Schmerzen.

Sie hatten just mit der letzten Tätowierung angefangen, der schwarzen Sonne, da klingelte es an der Tür. Einen Augenblick später stand Simon in der Wohnung und strahlte wie ein Vater, der seinen Sohn auf dem Siegertreppchen stehen sieht.

„Till, mein Freund!"

Er begrüßte den Barden mit einer herzlichen Umarmung. Simon hatte eine unglaubliche Präsenz und selbst Till wirkte dagegen fast zurückhaltend. Dann schaute Simon zu Karl. Er stand einfach da und sah ihn an.

Dann sagte er: „Das ist mein Junge. Mensch. Leck mich am Arsch. Ich kann es kaum glauben. Da schlägt der Jungspund mal eben einen Parasiten zu Brei, zockt ihn ab und hat danach nichts Wichtigeres vor, als allen zu zeigen, dass er es ernst meint! Dass die Zeit der Wölfe gekommen ist. Junge, das ist wunderschön."

Er begutachtete die Tätowierungen, ging dafür nah ran und berührte sie fast mit der Nase. Dann zeigte er auf den Barden: „Danke Till. Wie immer, ein Meisterwerk. Hast du was zu trinken?"

Till ging zum Kühlschrank und holte eine Runde Bier. Sie stießen an.

„Deine Motive, Karl? Selbst ausgesucht?"

„Ja, aber was ist denn jetzt mit meiner Mutter?"

„Bleib ruhig. Du bist aufgeflogen, aber keiner wird sich trauen auszusagen. Mann, musstest du hinterher noch in der Unterführung herum marodieren? Egal! Das bringen wir dir noch alles bei. Pass auf: Ich habe die Namen aller Zeugen. Keine Sorge wegen der Sache. Wir kümmern uns schon. Du Sauhund! Du musst mir nachher alles ganz haarklein erzählen."

Er kniff Karl grob in die Wange.

„Danke, Simon."

„Nicht dafür. Und noch etwas."

Simon schwieg zunächst. Für Karl fast unerträglich lange, da er ahnte, was nun kommen würde.

Simon stand auf und hob seine Flasche.

„Auf dich, mein Junge. Du bist so weit. In zwei Stunden findet deine Prüfung statt."

Er knallte seine Flasche auf den Tisch, dass es spritzte. Till verzog den Mund, sagte aber nichts.

Simon fuhr fort: „Für mich, hast du längst bestanden. Das ist nur pro forma. Heil!"

„Heil ...", ächzte Karl.

Till schaltete die Dragonhawk-Tätowiermaschine an.

„Sieg Heil!"

Und stach zu.

Karl unterdrückte einen Brechreiz, bevor ihm schwarz vor Augen wurde. Neunzig Minuten später hatte er es geschafft.

Trotz Wundschmerz und Übelkeit verspürte er im Sumpf seines alkoholbedingten Rausches eine eigenartige Euphorie, die er bis dahin nicht gekannt hatte. Er hatte keine Ahnung warum, aber er brannte für seine „Prüfung".

„Kommst du mit, Till?", fragte er.

Sie rauchten die letzte Zigarette vor dem Aufbruch. Till hatte alle Stellen am Körper mit Salbe und Verbänden versorgt und grinste, als er antwortete: „Glaub mir, Kamerad, ich wäre gerne dabei, bei diesem historischen Moment."

„Trag mal nicht so dick auf, Alter!", Simon lachte. „Aber echt! Komm mit!"

„Nein, nein. Ich sehe mich als Soldat mit der Feder statt des Schwertes. Aber vielleicht kann ich Karl anders helfen? Wie viel Kohle hast du noch?"

Karl wühlte in seiner Hosentasche. „Äh, knapp 200 Euro."

„Komm mit", sagte Till und stand auf. „Ich zeig dir was."

Sie begaben sich in sein Schlafzimmer. Simon blieb sitzen. Das war schon ein wenig *weird* und Karl musste unweigerlich an Simon und seinen Kunden beim Drogenkauf im Herrenklo denken. Diese Situation hatte ihn irgendwie traumatisiert. Er versprach sich selbst, den Barden zu erwürgen, falls er versuchen würde, ihm an die Wäsche zu gehen.

„Schnell, Tür zu, damit der Mief nicht hier reinzieht."

Till holte einen Dolch aus der Nachttischschublade. Karl starrte ihn mit großen Augen an.

„Einhundertfünfzig und er gehört dir. Aber halt bloß die Fresse. Der könnte locker vierhundert bringen."

„Was ist das?", fragte Karl und holte den Dolch aus der Scheide. Er war spitz und scharf, mit der Gravur *Meine Ehre heißt Treue* versehen.

„Das ´n Ehrendolch der SS! Damit wurden echte Judenschweine abgestochen. So eine Chance bekommst du nie wieder, Kamerad."

ELF

Der Alte betrachtete den Kölner Dom. Die langen weißen Haare hatte er zum Zopf gebunden, den Kragen seines Mantels aufgestellt. Der frühe Abend dämmerte und der Vollmond prangte am wolkenlosen Himmel. Dadurch wirkte das alte Bauwerk noch majestätischer.

Nicht jedoch für den Alten.

„Hat ja auch lange genug gedauert, bis der Driss fertig war", dachte der Alte angesichts der Bauzeit von 632 Jahren. Sein Mund verzog sich zu einer angeekelten Fratze.

Laut rief er: „Oh, du Wunder! Wie unversehrt du doch aus dem Krieg hervorgegangen bist! Bis auf die siebzig Bombentreffer, du verlogenes Monument menschlicher Selbstüberschätzung im Deckmantel der göttlichen Fügung! Du Scheißteil!"

Ein später Tourist mit Kamera ging im letzten Moment im weiten Bogen an dem Alten vorbei.

„Hey!", rief ihm der Alte hinterher. „Weißt du, dass alleine für die Fertigstellung in den letzten sechzig Jahren die gleiche Anzahl an Talern gebraucht wurde, wie Menschen in den KZs umgebracht wurden? Und beides mit dem Segen der katholischen Kirche! Schreib das unter dein Foto! Hörst du? Ich war dabei!"

Der Mann rannte nun.

„Ich war dabei, du ... Ach hau ab! Ich war dabei", wiederholte er leise und starrte wütend auf den Dom.

„Steingewordener Nationalgedanke. Pah!"

Er spuckte auf den Boden. Niebel stand plötzlich neben ihm, legte ihm einen Arm um die Schulter. „Komm. Das hat doch keinen Zweck."

Doch der Alte war schon wieder in seinen Gedanken versunken ...

Hermann Göring, kommissarischer preußischer Innenminister und angehender zweifacher Weltkriegsverlierer in Serie, ordnete am 22.02.33 die Bildung einer Hilfspolizei an, die zum überwiegenden Teil aus SA-Verbänden bestand.

Die SA war straff organisiert und intern gut vernetzt, so dass bereits am 23.02.33 die ersten HiPo-Einheiten ihren Dienst aufnehmen konnten.

Ob es eine gute Idee war, eine militant organisierte Gruppe von gewaltbereiten, politisierten jungen Männern – nicht selten geführt von traumatisierten Weltkriegsveteranen und oftmals unter erheblichem Alkoholeinfluss – zur Aufrechterhaltung öffentlicher Ordnung heranzuziehen?

Was würdest du tun, wenn du Mitglied in einem Herrenverein wärst, der plötzlich als Hilfspolizei dienen müsste? Von einem Tag auf den anderen wärst du sozusagen Bulle.

Mehr noch, Du hättest über dein Verhalten im Dienst keinerlei Rechenschaft abzulegen. Die normale Polizei hätte den Befehl, dich und deinen Verein mal machen zu lassen.

Du würdest meine Wohnung stürmen, alles mitnehmen, was dir gefällt und was du nicht mitnähmest, würdest du kaputt hauen.

Und mich würdest du in ‚Schutzhaft' nehmen. In ein provisorisches Lager irgendwo im Wald. Und ich würde nie wieder zurückkommen. Dieses Machtprinzip galt schon immer.

Aber Macht und deren Missbrauch? Da ist der Mensch immer für zu haben. Glaubst du nicht? Dann schau doch einfach mal in die Kommentarspalten irgendwelcher Online-Magazine.

Das Ganze ging vonstatten wie geplant. Die SA und ihre Kameraden von SS und Stahlhelm nutzten ihre Macht, um politische Gegner zu terrorisieren, in vielen Fällen sogar zu ermorden oder verschwinden zu lassen, um Juden zusammenzuschlagen und ihre Geschäfte zu plündern, um sich selbst zu bereichern und sich an der eigenen Macht zu berauschen.

Für mich war das wie die Erfüllung eines Traumes. Ich und meine Kameraden: ich hatte in einer Rotte mit vier anderen Braunhemden meine neue ideologische Heimat gefunden. Wir durften alles, einfach alles. Ohne Konsequenzen fürchten zu müssen. Schaufenster von jüdischen Geschäften einschlagen und die Zähne des Inhabers gleich dazu?

Kein Thema.

Und dann des Itzigs errafftes Gold in die eigene Tasche, äh, … dem deutschen Volkskörper und der nationalsozialistischen Partei zuführen?

Das war allemal drin und machte mindestens genauso viel Spaß.

Und das Beste?

Die Leute jubelten. Passanten, Schaulustige, die sich einfanden, wenn ich und meine Kameraden, oft in Kooperation mit anderen Rotten, als Schar oder gar Trupp agierend, uns bereitmachten, Terror auf die Straße zu bringen.

Das war wie Straßentheater. Und wir waren die Helden! Begeistertes Klatschen der gaffenden Meute, wenn die Schaufenster klirrten und splitterten. Lautes Gelächter, wenn wir einen Juden packten und ihm den Bart rasierten. Inbrünstiges Mitgrölen, wenn Parolen angestimmt wurden.

„Deutschland erwache, Juda verrecke", so'n Kram eben. Die Menge liebte die braununiformierten Hilfspolizisten.

An meine „Aufgabe" und den bekackten Dämon Niebel dachte ich lange nicht mehr. Der konnte mich mal richtig am Arsch lecken, der stinkende Hurensohn.

Goldene Zeiten für einen Jungen wie mich. Wie geil ich hier auf die Kacke hauen konnte! Hier war ich noch jemand, als Deutscher! Wir wussten uns unserer rassischen Integrität zu erwehren. Hier und jetzt war Deutschland noch deutsch! Keine Moslems, keine Neger, keine Messer-männer oder Scharen vergewaltigender Sozialmigranten.

Gut, auch kein Gyros Pita, kein H&M, keine Tankstellen, an denen wir nachts noch Bier kaufen konnten. Kinos gab es zwar, aber da lief nur Scheiße. Und wie die Rotte geguckt hatte, als ich vorgeschlagen hatte, Pizza zu bestellen!

Dennoch: Goldene Zeiten.

Ich schlief in einer Wohnung mit drei Kameraden: Anton, Paul und Da-vid. Ich hatte ein eigenes Bett, konnte mich leidlich waschen und den ganzen Tag hatte ich meine neuen Freunde um mich herum. Ach, und stinkreich war ich anscheinend auch. Aber das war nebensächlich, denn schließlich hatte ich eine reale Aufgabe; zum ersten Mal in meinem Le-ben wurde ich gebraucht. Schließlich war immer noch Wahlkampf. Die Reichstagswahl mochte gewonnen sein, aber am 12.03. würde Kommu-nalwahl in Köln sein. Es galt also, im Namen der Bewegung Plakate auf-zuhängen, Fahnen zu schwenken, Juden zu drangsalieren und Kommu-nisten zu verprügeln. Und immer und immer wieder in großen Trupps im Gleichschritt durch die Straßen zu marschieren, Kampflieder zu singen und dominante Präsenz zu demonstrieren.

Es lief gut für die Revolution und ich war ein Teil davon: Am Donnerstag bildete Franz Ritter von Epp die bayerische Landesregierung um; Wil-helm Frick verkündete, dass die Reichstagsmitglieder der KPD im Kon-zentrationslager Gelegenheit hätten, sich an „fruchtbringende Arbeit zu gewöhnen".

Und in den Reihen der Kölner SA verbreitete sich abends die Neuigkeit, dass Wilhelm Sollmann verprügelt und in Schutzhaft genommen worden war. Irgendjemand von der Lügenpresse, mehr weiß ich bis heute nicht, aber verdient hatte der's allemal, befand ich.

Nur einen Tag später trat Walter Schieck zurück und mit ihm die parteilos geführte sächsische Landesregierung. Reichskommissar Manfred von Killinger übernahm die Regierungsgeschäfte. Ein weiterer deutscher Staat, der sich der braunen Revolution beugte.

Zugegeben: So ganz verstand ich die Organisation der SA nicht. Ich und Anton, Paul und David bildeten eine sogenannte „Rotte".

Mit nur vier Leuten war diese Rotte aber sehr klein.

Die Folge war, dass wir keinen Rottenführer hatten, sondern direkt dem Scharführer Erwin Sand unterstellt waren. Zur besonderen Verwendung, wie man damals sagte. Oberscharführer Sand war ein genügsamer Mensch.

Ein warmes Essen, ein Dach über dem Kopf, ein paar Zigaretten und ein gutes, frisch gezapftes Bier – mehr brauchte er nicht zum persönlichen Glück. Und zur Not tat es auch ein schon leicht abgestandenes Bier oder eins aus der Flasche.

Ein etwas beleibter, jovialer Mann mittleren Alters, SA-Mitglied seit 1929, Nazi weniger aus Überzeugung, sondern eher aus dem Bedürfnis heraus, mit seiner Freizeit etwas Sinnvolles anzufangen. Was natürlich nicht hieß, dass er die schräge Ideologie aus Rassismus, Antisemitismus, Obrigkeitshörigkeit und Blut-und-Boden-Romantik nicht verinnerlicht hätte. Aber in erster Linie marschierte er mit, weil es ihm Spaß machte und er sich in diversen Nazi-Organisationen sozial engagieren konnte.

Nationalsozial.

Erwin Sand war Weltkriegsveteran. 1917 eingezogen und ab November 1917 an der Front. Zugegeben, über den ersten Weltkrieg wusste ich nicht viel, aber Sands Erzählungen zufolge muss es eine geile Zeit gewesen sein. Auf sein Eisernes Kreuz, das ihm angeblich Ludendorff persönlich verliehen hatte, war er besonders stolz. Über seine Zeit nach dem Krieg hingegen hat er nie viel erzählt. Außer, dass er nach Berlin gezogen war, um „Politik" zu machen.

Gerüchten zufolge war er am Kapp-Putsch beteiligt.

Was immer das auch sein mag – ich musste in meinem neuen Jetzt immer wieder feststellen, dass es um meine historische Bildung sehr viel schlechter bestellt war, als ich gedacht hatte. Da sah man mal, wie schlecht der Geschichtsunterricht in der Schule ist! Und was uns das Merkel-Regime alles verschweigen und heimlich unter den Teppich der Verschleierung kehren wollte! Beziehungsweise kehren wollen würde. War ja noch was hin bis zur Merkel-Diktatur.

Sands größter Stolz war sein 1931er Opel Blitz (vier Zylinder, 1,5 Tonnen Nutzlast).

Klar, er war die kleinste Version des Pritschenwagens von Opel, aber Erwin liebte ihn wie einen Sohn. Mehr als seinen eigenen Sohn, wenn man es genau nahm.

Was Sand und sein LKW mit meiner Geschichte zu tun haben? Nun, die Abende verbrachte ich mit meinen neuen Jungs natürlich stets in diversen Kneipen.

Der Treibstoff der braunen Revolution, das hatte ich schnell gelernt, war nun mal der Alkohol. Vor „Aktionen" wurde getrunken und danach erst recht. In einer der besagten Gasthäuser, Sufflöcher oder Trankstätten begegnete ich erstmals meinem Oberscharführer.

Natürlich kannten Anton, Paul und David den dicken Mann mit dem knallroten Gesicht und der Säufernase. Vorstellungen waren schnell gemacht und obwohl Sand mehrere Ränge über mir und damit mein Vorgesetzter war, verstanden wir uns von Anfang an aufs Beste.

„Kannst mich Erwin nennen, Jung."

„Sieg Heil, Erwin!"

Das letzte, woran ich mich erinnern konnte, waren fünf Schnapsgläser und eine noch fast volle Flasche Korn, die Sand auf den Tisch knallte und verkündete: „So, Jungs, jetzt mal Schluss mit dem Kinderkram. Jetzt wird getrunken wie Männer! Um die Wette!"

Danach? Filmriss.

Aber anscheinend hatten wir das Wettsaufen gegen unseren Oberscharführer verloren.

Und damit kam sein Opel Blitz ins Spiel. Ich erwachte und fand mich mit Anton und David auf der offenen Pritsche des LKWs wieder, genoss, wie die strahlende Sonne dieses wunderschönen Frühlingsmorgens und der frische Fahrtwind so langsam meinen brutalen Kater vertrieben.

Paul, der Rottenälteste, saß mit Sand in der Fahrerkabine, auf dem Beifahrersitz. Ebenfalls auf der Pritsche saßen drei Jungs von der Hitlerjugend – so wie sie aussahen, gerade eben dem Alter fürs Jungvolk entwachsen. Ich hatte keine Ahnung, warum die drei Kinder dabei waren und ob sie auch eine Wette gegen den Oberscharführer verloren hatten. Ich wusste auch nicht, was ein SA-Mann mittleren Alters mit der Hitlerjugend zu tun hatte. Und keiner der drei Jungs würde es mir wohl erklären. Sie sprachen wenig und sahen allesamt recht missvergnügt aus.

Wir fuhren zum Blauen See, soviel wusste ich inzwischen, aber die Details waren – ich deutete das bereits an – im Sumpf alkoholischen Vergessens ertrunken.

Aber das machte nichts; die Fahrt im Opel Blitz war großartig! Mann, das musst du dir mal auf der Zunge zergehen lassen: Eine Fahrt im Opel Blitz! Wie geil war das bitte? Ich saß auf der Pritsche einer Ikone, einer deutschen Legende! Geil war das! Das war sowas von geil; sagte ich das schon?

Ich hatte als kleines Kind (also damals vor vier oder fünf Jahren etwa) einen Opel Blitz als Modell gebaut, Maßstab 1/72, und ihn liebevoll bemalt.

Inklusive des kleinen Fähnchens mit dem Hakenkreuz.

Daran erinnerte ich mich jetzt. Die Abende des Bastelns im heimischen Wohnzimmer, das Zurechtfeilen und Zusammenkleben der Einzelteile, die Befriedigung nach der Vollendung eines Arbeitsschrittes. Aber auch daran, dass meine Mutter zwei Meter neben mir in ihrem verschlissenen Sessel gesessen hatte und mit fortschreitender Uhrzeit immer betrunkener wurde.

Wie schwierig war es gewesen, ihr drei Euro für neuen Plastikkleber abzubetteln ... Und nur wenige Wochen nach Fertigstellung meines Modells hatte sie es im Vollrausch zerstört. Zugegeben, nicht absichtlich. Sie hatte das Gleichgewicht verloren und das ganze Regal, auf dem der Opel gestanden hatte, zu Boden gerissen.

Wie viel geiler, wie viel weniger deprimierend, war nun dieses Erlebnis, auf einem echten Blitz zu reiten!

„So Jungs, da simma!", riss mich Sands kräftige Stimme aus meinen Gedanken. Die Fahrt stoppte, der LKW kam zum Stehen. Ein paar Meter neben unserem Standort führte eine leichte Böschung zum Wasser hinunter.

„Alle absitzen!"

Zweifellos war Sand ein netter und freundlicher Mann. Aber er hatte eine hammerharte Befehlsstimme. Eine, der man einfach gehorchen musste. Opposition dieser Stimme gegenüber hätte sich einfach widernatürlich angefühlt, hätte jeglichem menschlichen Instinkt widersprochen

Also saßen alle ab:

Ich, Anton, David und die drei schweigsamen Hitlerjungs. Paul und Sand stiegen aus der Fahrerkabine und Paul gesellte sich zu seinen drei Kameraden.

„Aaaaaaach-TUNG!" gellte Sands Stimme durch die kaltklare Morgenluft. Das wirkte. Alle standen stramm. Oberscharführer Sand nickte ein zufriedenes Oberscharführer-Nicken. Sein Oberscharführer-Kinn tat es ihm doppelt nach.

„Und jetzt ausziehen, zack-zack!"

Wie bitte? Hatte ich richtig gehört? Anscheinend schon, denn Paul, Anton, David und die drei Kids fingen sogleich an, sich ihrer Kleider zu entledigen.

„Das gilt auch für dich!" Dieser Befehl war klar an mich gerichtet. Und fast automatisch gab ich mich dem Gehorsam hin, legte meinen Mantel ab und begann, mein Hemd aufzuknöpfen. Shit, war das kalt. Jetzt schon. Meinem Kater ging es zwar inzwischen leidlich besser, aber ich konnte mir dennoch gemütlicheres vorstellen, als mich im Spätwinter unbekleidet den Elementen auszusetzen.

Ich war deutlich langsamer als meine Kameraden, die inzwischen splitternackt rechts und links neben mir standen. Erneuter Befehl in meine Richtung:

„Na los, Faulpelz! Hopp!"

Mann, dieser Sand hätte echt einen guten Spieß bei der Bundeswehr abgegeben. Beziehungsweise bei der Wehrmacht. Diese Gedanken verwirrten mich ein wenig, denn die Ereignisse, die zum Klischeebild des deutschen Unteroffiziers führen würden, hatten ja noch gar nicht stattgefunden...

Wie dem auch sei, ich leistete Folge und stand ein paar Sekunden später ebenfalls nackt, wie Gott mich geschaffen hatte, vor dem Oberscharführer, bedeckte wie alle anderen meine Scham mit den Händen und fror wie ein Landser zu Weihnachten in Stalingrad. Ach nee, das konnte man ja auch noch nicht sagen.

Plötzlich spürte ich, dass mich alle anstarrten.

Heutzutage sind Tätowierungen inflationär anzutreffen, jeder Hipster mit affigem Bart und Herrendutt beschmiert seine Haut mit dem idiotischsten Unsinn, jede Hausfrau hat eine „Jugendsünde" in Form einer roten Rose oder eines blauen Delfins, jeder Sparkassenberater verbirgt Oberarm- oder Schulter-Tribals unter Hemd und Jacke.

Aber zu Führers Zeiten konnte das keiner behaupten. Und schon gar nicht auf so einem künstlerisch hohen Niveau, wie die Exponate, die ich auf meiner Haut trug. Zugegeben, nach heutigen, beziehungsweise zukünftigen Maßstäben, war Till ein unseriöser Hinterhof-Scratcher, bei dem man sich neben schlecht gestochenen Hakenkreuzen noch fast garantiert eine böse Entzündung holte.

Aber seine angebotenen Motive waren für die 30er Jahre des 20. Jahrhunderts ihrer Zeit weit voraus ...

„Da brat mir doch einer einen Storch!", murmelte Sand und betrachte ausgiebig meinen zitternden, frierenden Körper.

„Was steht da? 4, eutscher, Wi 4, erstan 4?"

Ach du scheiße, dachte ich.

Während dieses geflügelte Wort später bedeuten würde, sich gegen die elenden Volksverräter zu organisieren, bestand der Widerstand doch zu Hitlers Zeiten aus eben solchen Kommunisten und Volksverrätern, oder nicht? Scheiße, in welche Misere hatte mich mein Stolz auf Deutschland nur gebracht?

„Was soll das heißen? Warst du im Knast? Oder bist heimlicher Roter oder was?"

Der Dicke war außer sich und wurde nochmal lauter und durchdringender.

Da hatte ich eine Idee:

„Das waren die Juden, Herr Oberscharführer. Kurz bevor ich euch zum ersten Mal über den Weg gelaufen bin."

Alle sahen mich zweifelnd an. Aber hatte nicht der Jude damals gedacht, die SA hätte ihn mit den Tattoos stigmatisiert?

Mann war das eine verkehrte Welt. Aber die einzige Chance.

„Die Juden haben mich gefoltert, Herr Oberscharführer. Sie haben mir das angetan. Wirklich! Irgend so ein Judenritual mit Kerzen und seltsamen Gesängen dabei. Die haben mich gut eine Woche festgehalten und unter Drogen gesetzt."

Anton räusperte sich.

„Ähem. Er sah damals wirklich sehr abgerissen aus, als er zu uns in die Schänke kam."

„Dummes Zeug hat er auch geredet", ergänzte Paul.

Sand schnaubte.

„Die Schultern gefallen mir ja. Aber die Brust? Jiddischer Kabbala-Aberglauben? Da müssen wir was tun. Egal!"

Er klatschte in die Hände und brüllte:

„Habt Acht!"

Sechs Paar Hände klatschten gegen zwölf Oberschenkel. Ich, noch verwirrt aber auch heilfroh über den plötzlichen Themenwechsel, stand etwas hilflos frierend da, die Hände immer noch instinktiv schützend über meinen Schwanz gelegt.

„Brauchste für alles eine Extraeinladung oder was?", brüllte der Oberscharführer nur Sekundenbruchteile später. „Keine Angst, dir wird schon keiner was weggucken."

Schon stand auch ich stramm. Also ich selbst. Mein Pimmel nicht. Dazu war es viel zu kalt. Zu meiner Schande fiel mir auf, dass ein nicht erigiertes Glied doch sehr viel Ähnlichkeit mit Erwin Sands Gesicht besaß.

Abermals ein zufriedenes Nicken und strahlendes Lächeln auf Sands Gesicht.

„Keine Sorge, Jungs", an die HJ-ler gewandt, „euch werden auch schon noch Haare am Sack wachsen, wie euren älteren Kameraden."

Ein schmutziges Lachen.

„Und an die Kälte werdet ihr euch auch gewöhnen. Aber jetzt los mit euch – ins Wasser!"

Wie bitte? Baden? Bei dem Wetter? Es konnte kaum über fünf Grad sein. Meinte der Oberscharführer das ernst? Fuck, ja, meinte er.

Bevor ich mich nochmal von dieser beeindruckenden Stimme anbrüllen ließ, machte ich auf den Fersen kehrt und folgte meinen Kameraden ins eiskalte Wasser.

Fuck, war das kalt!

Ich konnte mich nicht erinnern, jemals solcher Kälte ausgesetzt gewesen zu sein. Zwar wurde es mit der Bewegung etwas besser, aber nicht viel. Es blieb Tortur. Aber gut, wenn man eine Wette verliert ... Wie sagte man? Spielschulden sind Ehrenschulden!

„Platsch!" bekam ich einen Schwung kalten Wassers ins Gesicht gespritzt. Schon spürte ich ein Paar Arme, die sich von hinten um meinen Hals schlangen. Schön warm, aber das war das einzig Positive, das ich der Situation abgewinnen konnte.

Dass mich die Arme unter Wasser drückten, hätte echt nicht sein müssen. Ich entwand mich der Umarmung und stieß wieder an die Wasseroberfläche. Da waren die anderen. Meine Kameraden und die Hitlerjungen. Sie plantschen unbeschwert im Wasser, rangen miteinander und versuchten, sich gegenseitig unter Wasser zu drücken.

Ich wusste ums Verrecken nicht, was ich davon halten sollte. War das nun gelebte Kameradschaft oder einfach nur schwul? Wie immer die Antwort auf diese Frage auch lauten mochte, ich hoffte inständig, dass das Arm Paar von vorhin nicht zu einem der kleinen Kinder gehört hatte. Und noch während ich hoffte, spürte ich wieder Hautkontakt.

Wieder klammerte sich jemand an meinen Rücken. Ich geriet leicht in Panik, strampelte, konnte nicht erkennen, wer da jetzt schon wieder auf mir hing. Da waren Arme, wieder um meinen Hals, Beine, die sich um meine Hüfte schlungen und ... Oh fuck. Hoffentlich war das nicht das gewesen, wonach es sich angefühlt hatte.

Wieder an der Oberfläche orientierte sich mich Richtung Ufer.

Ja, da stand der Opel Blitz. Aber von Sand fehlte jede Spur. Wo war er nur hin verschwunden? Und was sollte der ganze Quatsch hier?

Wieder intensiver Hautkontakt, die anderen lachten und jauchzten. Mir wurde das echt zu viel. Mit ein paar kräftigen Zügen schwamm ich auf Abstand zu der Bande nackter Nazis. Aber das Ergebnis war keineswegs das gewünschte.

„Ey, schaut euch mal den Feigling an, der will abhauen!", schrie einer der kleinen Jungs stimmbrüchig.

„Alle auf ihn, na los!"

Das war entweder Anton oder Paul, ich konnte es nicht so genau einordnen. Dafür aber wusste ich, dass ich gleich Mittelpunkt eines Knäuels nackter Jünglinge sein würde. Ich war wirklich nicht der Typ, so etwas toll zu finden.

Ich konnte nicht sagen, wie lange ich mich im und unter Wasser den Griffen und … anderem … der anderen Kameraden erwehren musste. Irgendwann war es glücklicherweise vorbei.

„So, das reicht! Rauskommen!", gellte Sands Befehlsstimme über den See.

Wir gehorchten und kurze Zeit später standen wir wieder alle nackt und frierend vor dem Oberscharführer. Er wirkte anders als vorhin. Viel zufriedener, der Kopf hochrot, als habe er eine gewaltige Anstrengung hinter sich, das Lächeln entspannt. Er verteilte Tücher an die Jungs.

„So, abtrocknen! Das könnt ihr ja selber."

An die Kinder gewandt: „Ihr kommt mal rüber, trocknet euch bei mir ab. Ich helfe euch auch. Wenn ihr euch erkälten solltet, machen eure Mütter mir die Hölle heiß."

Und schon begann er, den kleinsten der drei mit dem Handtuch trocken zu rubbeln, dabei ein vergnügtes Liedchen vor sich hin brummend.

Auf der Rückfahrt durfte ich neben Sand in der Fahrerkabine sitzen. Das fand ich aber nicht mehr annähernd so geil, wie ich es auf der Hinfahrt gefunden hatte.

Der anfangs so sympathische Erwin Sand war schon ein ziemlicher Weirdo, gelinde gesagt. Die mir angebotene Flasche Bier nahm ich trotzdem von ihm an.

„Na, das hat sich gelohnt, was?", war er jetzt wieder ganz der leutselige, gemütliche Kumpel.

„Eiskalt baden macht Spaß, was?"

„Aber", wand ich ein, „Sie waren doch gar nicht im Wasser, Oberscharführer?"

Sand grinste nur, zündete sich eine Zigarette an – davon bot er mir keine an – und legte mir die Hand auf den Oberschenkel. „Ich sagte doch schon, nenn mich Erwin."

Fuck, wie unangenehm. Hätte das jemand in der „richtigen" Welt, also noch vor ein oder zwei Wochen, getan, ich hätte der Schwuchtel die Zähne ausgeschlagen. Aber hier und jetzt? Konnte ich mir so etwas hier erlauben? Bei einem ranghöheren Mitglied der Bewegung? Was sollte ich nur tun?

Zum Glück nahm Sand seine Hand wieder weg, um das Lenkrad zu greifen. Ich nuckelte an meinem Bier und schwieg betreten. Schnell wurde die Stille bedrückend. Ich begann also ein Gespräch; schon allein, damit Sand nicht mehr auf den Gedanken käme, mich zu berühren.

„Wie lange sind Sie …"

„Erwin!"

„'Tschuldigung, wie lange bist du schon bei der SA?"

„Bin seit 1929 dabei", antwortete er stolz. „Alter Kämpfer. Hab mich schon mit Rotfrontratten geprügelt, als Wilhelm Marx noch Reichskanzler war." Damit konnte ich wenig anfangen. Aber ich vermutete, dass das ein paar Jährchen her war.

„Und was hat Sie damals – äh, sorry, dich damals zur Bewegung gebracht?"

Ein scharfer Blick des Oberscharführers, jetzt ganz ohne Spur von Zärtlichkeit.

„Was hast du da gesagt? War das etwa Jiddisch? In meinem Automobil wird kein Jiddisch gesprochen, verstanden?"

„Äh, nein, keine Sorge, kein Jiddisch."

Sands Miene hellte sich sogleich wieder auf.

„Dann ist ja gut. Aber dass du kein heimlicher Itzig bist, habe ich ja am See selbst gesehen, hähähähä …"

Ich spürte, wie mir das Blut zu Kopf schoss und ich errötete. Aber Herr Sand schien davon nichts zu merken und sprach unbekümmert weiter. „Das war schon ´ne spannende Zeit damals. Fast jede Nacht Schlägereien mit den Roten. War nicht leicht. Aber jetzt haben wir ja gewonnen und können den ganzen bolschewistischen Scheiß auf den Müllhaufen der Geschichte schmeißen. Und die Drecksjuden gleich mit. Wusstest du, dass die sich magisch zu blonden, deutschen Mädchen hingezogen fühlen? Und die haben sich ja nicht unter Kontrolle, diese Tiere. Allein 1932 wurden im Reich fast tausend Mädchen von Juden geschändet. Habe ich im Stürmer gelesen."

Dann musste das ja stimmen. Der Stürmer, das war schließlich eine seriöse Quelle.

„Juden halt", stimmte ich zu.

„Hah! Die werden jetzt kriegen, was sie verdienen!", schnappte Sand. „Jetzt brechen andere Zeiten an. Für Deutschland. Und für uns alle!"

Auch da musste ich ihm Recht geben. Das waren schon verdammt andere Zeiten.

Sand parkte seinen Opel Blitz am Bahnhof, nicht weit von der Stelle entfernt, an der vor ein paar Tagen der andere Erwin geparkt hatte. Von den Ereignissen jener Nacht keine Spur mehr. Kein Blut, keine Kerzen, keine emotionalen Abschiedsbriefe und trauernden Passanten, wie ich das aus meiner Zeit kannte, wenn ein Mensch ermordet worden war. Und keine Polizei. Aber das war ja nichts Neues.

Ach, halt, doch Polizei. Das waren ja wir. Das war so ungewohnt, dass ich mich selbst immer wieder daran erinnern musste. Vier HiPos waren vor Ort, frisch vom Schwimmen im Blauen See.

Aber wir waren nicht wegen einer Tage alten Gewalttat hier.

„So, jetzt gehn wa erstmal was trinken", verkündete Sand laut, „Glühwein zum Aufwärmen und für die drei Bengels finden wir bestimmt was anderes warmes, hähähä."

Wir stiegen aus, die anderen Jungs sprangen von der Pritsche. Eine Diskussion begann darüber, wo wir jetzt trinken gehen, was mit den drei Kindern passieren und ob wir vor dem Trinken noch ein bisschen „Politik" machen sollten. Anton stand der Sinn nach Fensterscheiben einschmeißen.

„Still, alle!", befahl plötzlich Oberscharführer Sand, der eben noch vehement für eine politisch nahestehende Kneipe in Dom-Nähe argumentiert hatte. Er wies mit dem Finger auf ein kleines Grüppchen von vier Leuten, ein paar Dutzend Meter die Straße runter.

„Juden!", zischte er.

„Sind Sie ... äh, bist du sicher?", fragte ich.

„Natürlich bin ich sicher. Juden erkenne ich am Gang. Und am Gestank. Und an der Hakennase. Und das da ..."

Wieder zeigte er mit dem Finger auf die Gruppe.

„Das sind garantiert Juden."

Ich spuckte aus, setzte einen entschlossenen Gesichtsausdruck auf und knurrte: „Sieht so aus, als würden wir dann doch noch etwas Politik machen. Kommt, Jungs!"

Wir setzen uns in Bewegung, vier uniformierte SA-Männer und drei Hitlerjungen, geradewegs auf die Gruppe von vier Leuten zusteuernd. Ich zitterte. Doch diesmal war der Auslöser nicht die Kälte. Auch nicht Angst oder sowas. Nein, es war pures Adrenalin. Die Aussicht, diesen vier Volksschädlingen zu zeigen, dass sie hier im erwachten Deutschland nicht mehr willkommen waren, ließ mich vor Aufregung und Vorfreude förmlich beben.

Als wir uns dem Judengrüppchen näherten, kamen mir jedoch erste Zweifel. Zwei davon waren Frauen. Würde ich das können? Frauen bedrohen? Vielleicht auch verprügeln oder verhaften?

Ich gab mir einen Ruck. Klar würde ich das können. Ich würde es müssen. Ich war ja Bulle. Meine Pflicht war die Aufrechterhaltung öffentlicher Ordnung. Und die wurde nun mal vom Juden bedroht.

Nur weil auch Frauen darunter waren, hieß das ja nicht, dass sie meinem geliebten Volk und Vaterland nicht schadeten. Verdammt, ich würde tun, was getan werden musste.

Die Juden hatten inzwischen bemerkt, wer sich ihnen näherte. Sie blieben stehen, sprachen ein paar Worte miteinander, wechselten dann die Straßenseite. Sand zögerte nicht einmal, änderte lediglich die Richtung seines resoluten Schrittes.

Als wir nur noch ein paar Schritte entfernt waren und unser Oberscharführer zu brüllen begann („Judenschweine, raus hier!" und ähnliche antisemitische Sprüche), rutschte mir dann doch das Herz in die Hose.

ZWÖLF

Karl verbrachte seine Freizeit in der Regel alleine.

Er schnappte nach den Gelegenheiten, sich mit Simon zu treffen, wie ein Hund nach dem Knochen, den man ihm hinwarf.

Dann verbrachten sie meistens den Abend zu Hause bei Simon, hörten Rechtsrock und tranken Bier.

Simon erzählte Geschichten aus seinem Leben. Ein Leben, das Karl bewunderte. Überhaupt hatte alles mit der Musik angefangen. Es gab Bands am Rande der Legalität, wie die Böhsen Onkelz und Frei.Wild, die mit manchen Textpassagen Karls Neugierde triggerten und am Ende sein Weltbild veränderten.

Vorurteile, Vereinfachung, Pauschalisierung und Abgrenzung hielten Einzug in sein Leben.

Wie ein Drogensüchtiger, der seine Ration steigern musste, gierte es ihn nach härterer Kost.

So lernte er Simon überhaupt erst kennen: der verkaufte nämlich indizierte, verbotene Tonträger. Zuerst trafen sie sich geschäftlich wegen der Platten, dann privat mal „nur so".

An dieser Stelle hatte Simon ihn längst am Haken. Am Ende arbeitete Karl kaum noch im türkischen Kiosk und mied den Kontakt mit Mehmet, so gut es ging. Dafür traf er sich mit Simon. Dieser erhöhte geschickt die Anzahl der Treffen und stellte ihm mit ausgesuchter Dosierung andere aus der Szene vor, bis sich Karl fast dazugehörig fühlte.

Leider nur fast.

Und das wollte er jetzt ändern.

Glaub mir, ich will die folgenden Geschehnisse auf keinen Fall mit den Umständen entschuldigen, in die Karl geraten war.

Seine Geschichte darf höchstens einen Teil der Erklärung liefern.

Ich würde verstehen, wenn du unseren jungen „Helden" zum Kotzen findest.

Der Alte fand ihn mehr als nur zum Kotzen. Nachdem er Niebel ein weiteres Mal ertragen hatte, bis dieser mit seinen Ermahnungen und Predigten fertig war und verschwand, beschloss er, nochmal den Rest der Vergangenheit Revue geschehen zu lassen.

Viel Zeit hatte er nicht mehr.

Düster ragte der Kölner Dom in den Himmel auf. Ein Statussymbol einer Macht, die nie etwas Gutes bewirkt hatte und nie Schlechtes verhindern konnte, wie er fand.

Er hasste den Dom.

War ihm in seinem Schatten jemals etwas Gutes widerfahren?

Wieder tauchte er hinab in seine Erinnerungen.

Ich kannte die Juden. Es waren die Rosenbaums. Die Eltern, Lévi und … Esther, die schönste Frau der Welt. Esther mit den großen, dunklen Augen. Mit den Zöpfen und der süßen Stupsnase. Esther, die – das war ihr anzusehen – mich ebenfalls erkannte und mich mit offenem Mund anstarrte.

Esther, die mich gesund gepflegt hatte. Na gut, wenn es stimmte, was Niebel erzählt hatte, wäre ich so oder so wieder genesen. Aber der Wille zählt.

Esther, die jetzt von Sand eine schallende Ohrfeige erhielt. Fuck! Das Klatschen seiner Handfläche auf ihren Wangen hallte tausendfach in meinen Ohren wider. Als wäre ich selbst geohrfeigt worden.

„Was glotzte so, Judenhure?", brüllte der Oberscharführer. „Kannste gucken! Ja, sieh gut hin, das ist das neue Deutschland. Das Deutschland, das sich euch Itzigs und eurer Finanztyrannei nicht mehr beugt!"

Herr Rosenbaum stellte sich schützend zwischen seine Familie und die Nazibande.

„Bitte, wir wollen keinen Ärger ...", fing er an, die Hände beschwichtigend erhoben.

„Habt ihr aber", rief der Oberscharführer und streckte ihn mit einem Faustschlag nieder. Gleichzeitig prügelten Anton und David auf Lévi ein, während Paul feixend die beiden Frauen beschimpfte und obszön beleidigte. Die Hitlerjungen hielten sich zurück, starrten aber mit großen Augen, offensichtlich beeindruckt vom politischen Aktivismus ihrer älteren Kameraden, das Schauspiel an.

Ich stand stockstarr da und fühlte tiefe, tiefe Scham und wusste nicht, warum. Ich wusste nur, dass Esther mich mit Tränen in den Augen ansah. Und irgendwie wusste ich, dass sie nicht wegen der Ohrfeige weinte.

Unter dem höhnischen Gelächter meiner Kameraden rappelte sich Herr Rosenbaum wieder auf.

„Wir verschwinden, keine Sorge, wir gehen wieder", beschwichtigte er. Blut floss aus seiner Nase (auch keine Hakennase, fiel mir da auf) und einer aufgeplatzten Lippe.

Der eine oder andere Tritt von David und Sand half ihm beim Aufstehen. Ich stand nur da und versuchte, Esthers Blick auszuweichen.

„Ja, verpisst euch bloß, ihr Schweinejidden!", triumphierte mein Oberscharführer, während die Rosenbaums sich zurückzogen. Doch Esther

verweilte noch einen Moment, ihren geheimnisvollen Blick auf mich gerichtet. Ich las darin keine Wut, keinen Zorn, bloß Überraschung. Enttäuschung, Entsetzen und tiefe Verletzung. Sie griff in ihre Handtasche und zog ein kleines Bündel hervor, das sie mir in die Hand drückte.

„Gelobt sei Mordechai", flüsterte sie tonlos. Dann drehte auch sie sich um und eilte ihrer Familie hinterher. Ich ließ mich wie in Trance von meinen Kameraden zum nächstbesten Köbes schleppen. Um unseren Sieg zu feiern.

„Hast ja schön schnell Anschluss gefunden, hier im Dritten Reich", kommentierte Niebel, wie immer aus dem Nichts aufgetaucht und von allen anderen unbemerkt. „Und echt tolle Freunde hast du da gefunden."

„Ach, halt die Schnauze", fluchte ich.

„Was?", fragte Anton, neben mir am Tresen lehnend und auf eine Runde Schnäpse für die Rotte wartend.

„Nichts", entgegnete ich.

Das Bündel, das Esther mir gegeben hatte, enthielt Hamantaschen und Nunt – nicht, dass ich die lecker aussehenden Süßigkeiten erkannt hätte.

Es hatte ein großes Gejohle um Esthers kleines Paket gegeben.

„Die Judenhure steht auf den Kleinen!" und „Junge, die musst du unbedingt bumsen, bevor wir die alle rausschmeißen. Sah ja schon gut aus, die Jüdin."

Ich hatte es unter den Augen meiner Kameraden geöffnet, alle hatten sich vom Gebäck genommen, ein wenig dran geknabbert und es dann als „Judenfraß" auf den Boden geworfen.

Nur ich hatte meine Hamantasche zu Ende gegessen. Sie kam mir so vor, als hätte ich nie etwas Besseres gegessen. Ich fragte mich, ob Esther die Leckereien selbst gemacht hatte.

Und nun feierten wir den Erfolg unseres Widerstandes gegen die jüdische Weltverschwörung.

„Nein, echt", fuhr Niebel unbeeindruckt fort, „alles dufte Kerle. Erinnern mich sehr an deine alten Kumpels. Nur besser. Authentischer, weißt du? Nationalsozialistischer im ursprünglichen Sinn. Was macht ihr denn morgen? Wieder hübsche Mädchen und wehrlose Zivilisten verkloppen und belästigen?"

„Fuck you, Niebel."

„War das etwa Jiddisch?", brüllte der Oberscharführer von irgendwo hinter mir. Teuflisch gute Ohren hatte der Mann.

„Du magst sie, habe ich Recht?", fragte Niebel, den Blick hypnotisierend auf meine Augen gerichtet. „Esther, die Jüdin. Hübschestes Mädchen, das du je gesehen hast, nicht wahr?"

Er zwinkerte und warf mir ein paar spöttische Küsse zu. „Na? Liebe auf den ersten Blick?"

Ich sagte nichts. Ich schloss die Augen, spürte, wie sich meine Scham langsam aber sicher in Zorn verwandelte. Zorn auf mich selbst, meine alkoholkranke Mutter, meine Mitschüler, meine Kameraden. Aber vor allem auf Niebel.

Solange ich diesen Dämon nicht loswurde, würde ich nie richtig reinpassen und die neue Zeit genießen können.

Aber ich wusste doch selbst genau, wann das 1000-jährige Reich enden würde. Und vor allem: wie.

„Wenn man Herrenmenschen bei „Wish" bestellt ..."

„Lass mich in Ruhe!", zischte ich.

Aber Niebel ließ mich natürlich nicht in Ruhe.

„Sie ist echt 'ne Süße, da gebe ich dir Recht. Nicht nur das Gesicht. Hast du auf die Titten geachtet? Und den knackigen Arsch?"

Irgendjemand setzte mir ein frisches Gläschen Schnaps vor die Nase. Niebel griff zu und kippte es hinter meinem Rücken, so dass es die anderen nicht sahen, in seinen Dämonenschlund. Für die Rotte sah es aus, als ob sie mir ein leeres Glas hingestellt hätten.

Sofort bekam ich ein neues.

„Zu schade, dass sie nicht mehr lange hat. Weißt du, was aus ihr wird, aus deiner jüdischen Zuckerpuppe mit den Fick-mich-Augen?"

„Halt den Mund, halt bloß den Mund!"

„Sie wird am fünften Oktober 1942 in Auschwitz vergast werden. Keine zehn Jahre hin."

„Lüge. Alles Lüge!"

Niebel zuckte mit den Schultern.

„Willst du wissen, wie oft sie vorher vergewaltigt wird?", fragte er in plauderhaftem Ton.

Das war zu viel für mich.

„Verfluchter Motherfucker", brüllte ich aus den Tiefen meiner Seele und schlug zu.

Aber Niebel war schon wieder weg. Und wenn man mit aller Kraft zulangt, dann muss diese Kraft irgendwohin.

Anders gesagt: Die Kraft verschwindet nicht, nur weil das Ziel verschwindet. Physik und so. Und so kam es, dass ich mich der Länge nach und ziemlich unsanft auf den Kneipenboden warf.

„Was ist denn mit dem los?"

„Ich glaub, er hat genug, hahaha."

„War das etwa Jiddisch?"

Viel später am Abend kotzte ich die Hamantasche unter dem strengen Blick der versammelten steinernen Heiligen vor die Südfassade des Domes.

Der Alte sah auf. In dieser Welt waren keine zwei Minuten vergangen, aber er fühlte sich, als säße er schon seit 100 Jahren dort. Auf einer beschissenen Bank auf der Domplatte. Er bemerkte ein Wahlplakat der AfD neben sich, aus Gründen weit oben an einem Laternenmast angebracht. Kommunalwahl. Er erinnerte sich.

12.3.1933 – Purimfest. Und Kommunalwahl in Köln

Laut dem Buch Esther plante Haman, ein hoher Beamter im persischen Reich, alle Juden an einem einzigen Tag zu ermorden, weil Mordechai, Esthers Cousin und Adoptivvater, sich geweigert hatte, vor Haman nieder zu knien.

Esther jedoch vereitelte den geplanten Genozid, indem sie sich bei ihrem Gatten, dem Perserkönig Xerxes I., für ihr Volk einsetzte.

Xerxes erlaubte den Juden im Perserreich schließlich, sich gegen Haman zur Wehr zu setzen. Haman wurde zusammen mit 75.000 Gefolgsleuten von den wehrhaften Juden erschlagen. Der Name Haman stand seither symbolisch für Judenfeindlichkeit.

Naja, jedenfalls bis... du weißt schon.

Das Purimfest erinnert an die Rettung der Juden vor dem geplanten Genozid. Es ist ein Fest der Freude, der Heiterkeit und Ausgelassenheit und wird manchmal als „jüdischer Karneval" bezeichnet – wegen der gerne getragenen Masken, der satirischen Witze und Possenspielen und natürlich wegen der vielen süßen Leckereien und des ganzen Weines.

Es heißt, an Purim solle „jeder so viel Wein trinken, bis er nicht mehr unterscheiden kann zwischen ‚verflucht sei Haman' und ‚gelobt sei Mordechai'.

Am Morgen des 12. März fühlte ich mich zumindest so, als hätte ich gestern gemäß dem jüdischen Gesetz getrunken – auch wenn meine Kopf- und sonstigen Schmerzen eher vom unglücklichen Sturz als vom Suff stammten.

„Na los, raus aus den Federn!", wurde ich von Anton in aller Frühe aus dem Bett geschmissen. „Heute ergreifen wir die Macht in Köln! Raus mit dem Judenknecht Adenauer!"

Eine trockene Scheibe Brot und eine Tasse lauwarmen Kaffees (ohne Milch oder Zucker) zum Frühstück und raus ging's, auf die politisch volatilen Straßen Kölns.

Hier ging es zu wie beim Karneval, nur deutlich aggressiver. Kaum eine Straße, die nicht mit Hakenkreuzfahnen geschmückt war, kaum ein Platz, auf dem keine SA-Männer Spendengelder sammelten und die Propagandatrommel rührten.

„Jeder Groschen ein Schuss gegen Adenauer!"

Überall wurden Parolen skandiert – „Adenauer an die Mauer!" – und Gerüchte gekocht.

So hieß es einerseits, der Oberbürgermeister sei aus Köln geflohen, aus Angst vor dem hochkochenden Volkszorn.

Andere sagten, sie wüssten aus sicheren Quellen, dass Adenauer sich im Rathaus verschanzt hätte, mit einer Bürgermiliz aus Kommunisten und Juden.

Oberscharführer Sand, dem die Rotte im braunen Gewühle begegnete, ergriff das Kommando und befahl, sofort zum Rathausplatz zu marschieren, denn dort würde Adenauer gerade an die Laterne geknüpft werden, zusammen mit seinen Spießgesellen. Das würde keiner verpassen wollen. Des Oberscharführers Schweinelippen waren zu einem permanenten Grinsen gefroren und seine Nasenspitze glühte knallrot. Er roch nach Schnaps und Siegeseuphorie.

Am Rathausplatz angekommen, wurden sie aber enttäuscht.

Er wimmelte zwar von SA-Männern, Hitlerjungs und zivilen Kameraden; die Atmosphäre von Lynchjustiz lag auch in der Luft.

Doch von Adenauer oder seiner Leiche keine Spur. Von jüdisch-kommunistischen Freischärlern aber auch nicht. Wir, eine halbe Stunde hier, schlossen uns dem Mob an und brüllten die Parolen mit – „Raus mit dem Großprotz von Köln!", „Adenauer Judenfreund!" und immer wieder „Adenauer an die Mauer! Adenauer an die Mauer!".

Ein anderer Rhythmus, als der mir gewohnte „Merkel muss weg!"-Sprechchor, aber ich fand schnell rein.

Mein Versuch jedoch, einen „Wir sind das Volk!"-Chor zu starten, scheiterte unter den irritierten Blicken meiner Kameraden.

Trotzdem fühlte ich mich einfach großartig. Ich war Teil dieser sich hier auf dem Rathausplatz entfaltenden Naturgewalt. Ich wurde gemocht, respektiert, sogar gefürchtet. Und was ich tat, war wichtig, war im Sinne meines Volkes, meiner Nation.

Irgendwann verlor sich der Reiz, vor dem Rathaus zu stehen und bedrohliche Slogans zu brüllen. Es passierte einfach nichts. Außerdem bekam ich langsam wieder Hunger. Die Sonne stand schon hoch am Himmel. Aber ohne Handy hatte ich natürlich keine Ahnung, wie spät es war. Und was trinken wäre langsam auch nicht schlecht.

„Was ich gestern noch sagen wollte," hatte ich plötzlich eine Stimme im Ohr. Niebel. Kein Zweifel.

Hektisch blickte ich mich um, sah aber weder einen gut gekleideten Mann noch ein Paar stechend grüner Augen.

„Mach dir keine Mühe", kommentierte die körperlose Stimme, „du wirst mich nicht finden. Im Gegensatz zu mir. Ich finde dich immer!"

„Fuck!", entfuhr mir.

„Spricht hier etwa jemand...

Jiddisch?"

„Nur ganz kurz, versprochen", versprach Niebel. „Wollte nur anmerken: Marodierende Banden, die wehrlose alte Männer verprügeln und hübsche deutsche Frauen misshandeln - erinnert dich das an was?"

„What the fuck, Mann, was willst du von mir?"

Panik in meiner Stimme. War Niebel jetzt irgendwo in meinem Kopf? Eine Stimme, wie sie die Verrückten hörten? Wurde ich selbst verrückt?

„Wer verdammt spricht hier Jiddisch?"

War das Sands Stimme? Die kam aber keineswegs aus meinem Kopf, denn kaum hatte ich die Frage vernommen, sah ich auch schon den bulligen SA-Oberscharführer, der sich ganz in meiner Nähe seinen Weg durch den kochenden braunen Mob bahnte.

„Hey, Jungens!", erkannte er mich und die anderen wieder, zuckte dann mit den Schultern.

„Keine Ahnung, wo der Blutjude hin ist. Vielleicht hängen sie ihn woanders? Vorm Dom oder so? Manche sagen aber, er sei schon im Konzentrationslager. Auch nicht schlecht, wenn ihr mich fragt. Da gehört solches Pack hin."

Ich verdrehte die Augen. Nicht wegen Sands Gerüchtewiedergabe, sondern weil ich auf den alten Perversen im Moment echt keinen Bock hatte. Irgendwo wurde das Horst-Wessel-Lied angestimmt und sogleich sang der Oberscharführer aus zutiefst überzeugter Seele mit: „... die Reihen eng geschlossen, SA marschiert ..."

Dabei wehte sein Atem mir direkt ins Gesicht. Fäulnis, abgestandenes Bier und Zwiebeln. Zahn- und Mundhygiene schienen nicht auf dem Programm der nationalsozialistischen Revolution zu stehen.

Mir wurde speiübel. Ich schaffte es noch kurz, ein „Bin mal kurz weg" zu murmeln, dann drängelte ich mich auch schon durch die Menge.

Weg hier, bloß weg. Ich schaffte ein paar hundert Meter, dann übergab ich mich in einen Hauseingang. Immer noch besser als öffentlich zu pinkeln, aber auch keine Glanzleistung.

Kommentare wie „Sieh dir das an", „Wie asozial!" und „Um die Zeit schon besoffen; typisch Nazi" drangen an meine Ohren. Passanten? Oder Niebel, wieder in meinem Kopf? Ich wusste es nicht. Und ich war zu beschäftigt, mich umzudrehen und das in Erfahrung zu bringen.

Nach ein paar Minuten heftigen Würgens und Speiens hatte sich mein Magen einigermaßen beruhigt. Ich wischte mir schleimige Magensäure-Reste von den Lippen, holte tief Luft und stellte ein wenig verdutzt fest, dass ich allein war. Klar, die Straßen waren voller Passanten, Nazis und Schaulustigen. Aber keiner, den ich kannte oder der mich kannte. Zum ersten Mal seit meiner ersten Nacht im Köln der dreißiger Jahre war ich wirklich allein mit mir und meinen Gedanken.

Was sollte ich jetzt tun? Zurück zum Rathaus?

Bei aller politischen Überzeugung – darauf hatte ich echt keine Lust.

Weder auf den ekelhaften Sand, noch auf meine Mitbewohner, noch auf andere Kameraden.

Nein, allein sein war gerade das, was ich im Moment wollte.

Also ging ich aufs Geratewohl los, grob die Richtung Dom einschlagend. In meinem Kopf rumorte es und ich versuchte, mich einigermaßen zu ordnen.

DREIZEHN

Ich war im Jahr 1933.

In Physik hatte ich zwar direkt hinter Julia Klamatschke gesessen und dementsprechend wenig vom Unterricht mitbekommen, aber ich war mir ziemlich sicher, dass ich hier falsch war.

Aber gut, ich konnte nichts dran zu ändern. Musste ich wohl fürs erste akzeptieren. Zeitreisen waren also möglich, die Gesetze der Physik würden umgeschrieben werden und mich ebenso wenig interessieren wie die Bisherigen. So gesehen machte es ja auch Sinn: Schließlich war ich splitternackt im Jahr 1933 angekommen. Wie John Connor und der Terminator auch. Vollkommen logisch.

Ich war in Köln.

Das war gut. Hier gehörte ich hin. Hier kannte ich mich aus. Naja, wenigstens hatte ich das bisher gedacht. Ich fühlte mich ohne türkisches Rund-um-die-Uhr-Büdchen in direkter Walking Distance schon ziemlich eingeschränkt. Döner, Pommes und Hamburger fehlten mir auch.

Ich war Nazi.

Nach wie vor. Ein richtiger jetzt. Oh Mann, wenn die alten Freunde das doch nur sehen könnten! Wie stolz sie wären. Mir kam die Idee, ein Foto machen zu lassen. In kompletter SA-Montur. Mit Hakenkreuzfahne im Hintergrund. Und mit Dolch, schoss es mir durch den Kopf. Und mit Pistole! Ja, wie geil!

Zurück zur Sache: Ich war im Jahr 1933, ich war Nazi und ich war in Köln. Eigentlich klasse, irgendwie. Aber da war noch etwas, das ich bei meiner inneren Bestandaufnahme berücksichtigen musste: Esther. Esther und ihre Augen.

Bei dem Gedanken an die Augen der schönen Jüdin wurde mir flau im Magen. Ein Gefühl wie Erbrechen, nur in wunderschön. Solche Gefühle waren mir seit Julia Klamatschke nicht mehr begegnet. Wirklich, wirklich schöne Gefühle. Und gleichzeitig tiefe, tiefe Scham, was sich dann wieder echt mies anfühlte.

Fuck. Sie und ihre Familie mochten Juden sein, ja. Aber konnten solche Augen wirklich Böses im Sinn führen?

Und immerhin hatten sich die Rosenbaums auch um mich gekümmert. Sie hatten mich nackt und bewusstlos aufgefunden und mir unaufgefordert geholfen. Das machte auch nicht jeder. Natürlich, mir war damals schon klar, dass Juden „der Parasit unter den menschlichen Rassen" waren. Und dass sie sich zusammen mit den Kommunisten und Bolschewisten und dem ganzen anderen Zeckenpack – Antifa und so – verschworen hatten und die heimliche Weltherrschaft ausübten. Oder ausüben wollten.

Zumindest waren sie schuld am ersten Weltkrieg. Das wusste ich auch von den alten Freunden.

Schwierig. Wie passte das zusammen? Die Rosenbaums hatten alle wie normale Leute gewirkt. Ok, ok, auf mich hatten sie wie irgendwelche Zirkusfreaks gewirkt, mit ihren komischen Klamotten und mangelnden Smartphones und so. Aber jetzt, wo ich mich an Zeit und Umstände etwas gewöhnt hatte?

Ganz normale Leute. Mit einer sehr hübschen Tochter.

Ich vermutete, dass es mit den Juden so war wie mit den Moslems: Im Prinzip war der Islam der Feind Deutschlands, Europas und der gesamten Zivilisation. Religiöse Fanatiker, terroristische Vollbartträger, grimmig dreinblickende Taliban-Opas, die dreizehnjährige Mädchen heirateten. Aber die Moslems, die ich persönlich kannte, waren alle eigentlich ziemlich cool. Mehmet und Akin und die ganze Familie Göksu. Gab halt auch gute Moslems. Die, die hierherkamen und sich benahmen, beziehungsweise hierherkommen und sich benehmen würden. Nein, überlegte ich, das klang ja, als wären alle Türken nach Deutschland gekommen, mit dem festen Vorsatz, sich hier zu benehmen, beziehungsweise würden nach Deutschland kommen und ...

Verdammt, war Rassismus kompliziert!

Vielleicht kann man nur hassen, was man nicht kennt? Bis auf das, das man hasst, weil man es kennt?

Meine wandernde Grübelei hatte mich inzwischen zum Rheinufer getrieben. Ich war leicht enttäuscht, keine Kölner bei der Körperpflege im Rhein zu sehen. Dafür sah ich einen Seitenraddampfer sich gemächlich den Weg flussaufwärts dampfend. Cool. Wie bei Tom Sawyer. Das hatte ich zwar nie gelesen – zu viele Neger für meinen Geschmack – aber ich wusste, dass solche Boote drin vorkamen. Nur in viel größer. Auf dem Missipissi ... na, auf diesem Fluss in den USA eben.

Anyway. Esther war obviously auch cool. Viel cooler sogar als selbst der größte Seitenraddampfer. Ach, und ich machte mir eine geistige Notiz, zukünftig weniger Jiddisch, beziehungsweise englisch zu sprechen. Aber zurück zum Thema: Esther war toll.

Aber die Chance, dass Esther je wieder etwas mit mir zu tun haben würde, stand auf mikroskopischem Niveau.

Vollkommen unvermutet tat ich plötzlich etwas, mit dem ich ausnahmsweise einmal meinem Alter gerecht handelte: Ich beschloss, mich bei Esther und den Rosenbaums zu entschuldigen.

Ja, das würde ich tun. Bei aller unbewusster Maturität, die ich auch an den Tag legte: Die Eier, den Rosenbaums alleine vor die Augen zu treten, hatte ich nicht. Außerdem war es ein ziemlich weiter Weg. Ob ich vielleicht den Oberscharführer fragen sollte?

Verdammt, wer von meinen Kameraden könnte mich begleiten? Wem konnte ich vertrauen, wer konnte sich benehmen?

Anton, mit 21 Jahren der älteste meiner drei Mitbewohner, war nicht gerade ein Hingucker. Blond und blauäugig – so weit, so arisch – erinnerte seine Mundpartie eher an die eines Frosches als an die eines Herrenmenschen. Zur Uniform passende Zähne in der Farbe frischen Vegetarier-Durchfalls rundeten das abstoßende Bild ab. Er war arbeitslos – gut, das waren viele in der Weimarer Zeit gewesen – ließ aber auch keine Bemühungen erkennen, daran etwas zu ändern.

Er schien der Meinung zu sein, eine erfolgreiche Revolution würde ihm schon seinen Traumjob in den Schoß werfen. Wäre er kein SA-Mann gewesen, so wäre er sicherlich früher oder später von diesen als „Asozialer" zusammengetreten oder verhaftet worden. Sein Grund zum Eintritt war die tägliche warme Mahlzeit, die SA-Angehörigen versprochen war.

Paul, 19 Jahre alt, abgebrochene Bäckerlehre - er hatte halt keine Lust, immer so früh aufzustehen, wer könnte es ihm verdenken - war hingegen schon ansehnlicher: dunkelbraune Locken, die ein permanentes, keckes Grinsen einrahmten; auch ein spöttischer Glanz in den braunen Augen machte ihn zum Schwarm aller BDM-Girls.

Oder hätten ihn dazu gemacht, wenn sein hübsches Gesicht nicht von der Mutter allen Akne-Befalls übersät wäre.

Der arme Paul war viel zu früh geboren worden für Clearasil.

Eigentlich war er kein politischer Mensch. Er war nur bei der SA, um seinen bürgerlichen, politisch im Zentrum beheimateten Eltern zu trotzen.

David, der letzte im Bunde, war gerade 18 und Vollwaise.

Straßenköterblond und grauäugig ging er so gerade noch als Beispiel rassischer Überlegenheit durch.

Er hätte ein Allerwelts-Gesicht haben können; eins von der Sorte, das nirgendwo auffällt und schnell in Vergessenheit gerät.

Sein „Schnurrbart" machte ihm da einen Strich durch die Rechnung. Schnurrflaum passte vielleicht besser. Mit dem Bartwuchs hatte der arme David noch zu kämpfen. Vielleicht würde der mit den Jahren noch kommen. Dennoch ließ er unter der Nase etwas wachsen und wuchern, das jeden Menschen mit einer Spur von Ästhetik verstörte.

Arbeit hatte er auch keine. Aber wer brauchte schon ein regelmäßiges Einkommen, wenn er mit mir und meinen tausenden von Reichsmark befreundet war?

Als einziger der drei war er überzeugter Nationalsozialist.

Nein, nie im Leben würde ich den Rosenbaums in Begleitung dieser besoffenen Asis unter die Augen treten wollen. Was dann passieren würde, hatten wir ja beim letzten Mal gesehen.

Ich war also ziemlich auf mich allein gestellt, trotz meines großen Freundeskreises. Sollte ich etwa die guten, alten Öffis benutzen? Hier fuhren Straßenbahnen, Busse, sogar Pferdekutschen sah ich im Straßenbild.

Irgendwas würde also schon nach Hürth fahren. Aber mich schauderte beim Gedanken an meine letzte Bahnfahrt. Ja, ich war faul, meine Optionen begrenzt, aber aufzugeben stand nicht zur Debatte.

VIERZEHN

„Was ...wa ... wah ..." David brauchte mehrere Anläufe, um seine Frage zu formulieren – Alkohol in den Mengen, die in der Sturmabteilung der NSDAP getrunken wurden, hatte bedauerlicherweise diesen Nebeneffekt. *„Was ist eigentlich aus ..."* Schluckauf und Rülpser *„... aus der Judensau geworden?"*

„Welche Judensau?", fragte ich, nur halbinteressiert und in Gedanken bei meinem Bier, bei Esther und der fernen Zukunft. Davids Frage war wirklich höchst unpräzise. Mit selbigem Epithet hatten wir in den letzten Tagen und Wochen eine ganze Menge Leute belegt.

„Na, aus diesem Dings ... Weshalb wir am Rathaus waren? Dieser Adam ... Anti ... Ador ..."

„Adenauer?", unterbrach ich, nicht willens, David länger als notwendig lallen zu hören.

„Genau!", brüllte dieser und knallte die geballte Faust auf den Tisch, sodass alle dort angesammelten Gläser – und es waren derer einige – einen klirrenden Satz machten. *„Adenauer, der Judenfreund!"*

Ich zuckte mit den Schultern. „Keine Ahnung", log ich. Konnte ja schwerlich erklären, dass Konrad Adenauer in ein paar Jahren der erste Bundeskanzler der Bundesrepublik Deutschland werden würde. Und außerdem wusste ich wirklich nicht, wo er sich derzeit aufhielt. War er entkommen? Ins Ausland geflohen? Oder hatten ihn Kameraden in eines der wilden Konzentrationslager geschleppt, die im ganzen Reichsgebiet wie Pilze aus dem Boden geschossen waren? War er in einem der vielen halbprivaten Folterkeller verschwunden, in dem SA und SS die Feinde der Revolution für ihren Starrsinn bestraften?

Ich musste schmunzeln, als ich mir vorstellte, wie Merkel sich vor Höcke in der Uckermark verkriecht.

„Der Volksverräter", stammelte David, „wenn ich den in die Finger kriegen würde …"

„Mach dir keine Sorgen", beschwichtigte ich. „So oder so ist der nicht mehr in der Lage, der Bewegung zu schaden oder den Lauf der Revolution aufzuhalten."

„Hört, hört!", brüllte unser Oberscharführer. Auch er hatte den Abend damit verbracht, Bier und Schnaps in rauen Mengen in sich reinzuschütten. Im Gegensatz zu David aber, war ihm kaum was anzumerken. Er lallte nicht, er torkelte nicht, er betatschte unsere Kellnerin mit derselben Selbstverständlichkeit, mit der er nüchtern Frauen bedrängte.

„Unser kleiner Kamerad hat begriffen, wo es politisch hingeht! Nur nach vorne für die SA! Nur nach vorne für die NSDAP! Sieg und Heil und alles für Deutschland!"

„Alles für Deutschland!", echote es ohrenbetäubend aus zahlreichen Kehlen, und während irgendjemand das Horst-Wessel-Lied anstimmte, beugte sich David nahe zu mir und raunte verschwörerisch: „Ich … ich muss dir was seigen. Zeigen."

Er stand auf und torkelte in Richtung Hinterausgang, an der Pissrinne vorbei und in den engen Hinterhof.

Zwischen Mülltonnen und ausgemusterten Möbelstücken drehte er sich mit einem triumphierenden Grinsen zu mir um. „Kamerad", lallte er, „du bist einer von uns. Hab gleich gewusst, dass dein Herz der Bewegung gehört und man dir vertrauen kann."

„Und dafür hast du mich hier rausgeschleppt?"

Ich fühlte mich unwohl, in diesem finsteren, nach Urin stinkenden Ort.

David legte mir eine Hand auf die Schulter, atmete mir üblen und nach Zahnhygiene schreienden Atem ins Gesicht. „Nein, Kamerad. Dafür!" Er griff sich in die Hose und ich befürchtete schon, eine homoerotische Herrenklo-Situation mit mir und ihm als Kunden vor mir zu haben. Sofort war ich auf Krawall gebürstet. Aber es war nicht sein Schwanz, den er in der Hand hielt.

Es war eine Pistole. Eine kleine, hässliche Parabellum-Pistole mit stummeligem Lauf und übergroß wirkendem Griff. Pistole 08, wusste ich sie zu identifizieren, 9mm Kaliber. Luger, nannte man diese Dinger im Volksmund, und spätestens der nächste Weltkrieg würde sie zu einer ikonischen Waffe machen. Das wusste ich, weil ich mal von dieser Waffe geschwärmt hatte.

Ich erbleichte beim Anblick der Waffe. „Spinnst du?", entfuhr es mir ungläubig, während David mit der Pistole vor meinem Gesicht herumfuchtelte, als handele es sich um eine olympische Goldmedaille, mit der er vor mir prahlen wollte. „Mann, steck das Ding weg!", zischte ich. „Was, wenn die Polizei dich damit erwischt?"

Ein paar Sekunden starrte David mich mit leerem Blick an. Dann verzogen sich seine leicht sabbernden Lippen zu einem Lächeln, das zügig in höhnisches Gelächter überging.

„Mann, du bist so witzig", prustete er, als er sich wieder gefangen hatte. „Wir sind doch die Polizei!"

Diese Aussage unterstrich er mit zwei in die Luft abgefeuerten Schüssen. Ich spürte, wie die heiße, ausgeworfene Hülse einer der beiden Patronen ungemütlich eng an meiner Wange vorbeischoss.

Und während David weiter lachte, „Heil" in die Nacht rief und mit seiner Pistole herumwedelte, musste ich eingestehen, dass er Recht hatte. Und ich verstand. Wir waren die Polizei. Gut, zugegeben, nur die Hilfspolizei. Aber ob OrPo oder HiPo, unterm Strich blieb es das Gleiche: Wir waren die Bullen. Wir durften alles und keiner konnte uns was. Der harte, kalte

Stahl von Davids Pistole symbolisierte das perfekt: Die Macht lag in unseren – in meinen – Händen. Mehr Macht, als ich jemals zuvor ausgeübt hatte.

Und dazu nicht ein Jota Verantwortung.

Wie auf Kommando knallte die Tür der Kneipe in den Hinterhof auf. Die korpulente Silhouette von Oberscharführer Sand füllte den Türrahmen beinahe komplett. Über seine Schulter hatte er … ich dachte erst, es sei ein Sack oder so etwas, und musste zweimal hinschauen, bevor ich erkannte, dass er die Kellnerin trug, was diese offensichtlich nicht besonders toll fand. Sie schrie und zeterte und schlug hysterisch mit geballten Fäusten auf Sands Rücken.

„Nein! Nein!", schrie sie. Und: „Lass mich los, bitte, lass mich los."

Wie alt mochte sie sein? Irgendwas zwischen 16 und 18, schätzte ich. Blutjung jedenfalls.

„Ihr beiden!", grunzte Sand. „Verpisst euch! Wir brauchen etwas Privatsphäre, hähähä!"

Flugs taten wir, wie uns befohlen. Die Jungs hatten mich schon davor gewarnt, nicht zwischen Oberscharführer Sand und seine sexuellen Bedürfnisse zu kommen.

Doch ich muss zugeben, dass das bitterliche Flehen und Weinen der Kellnerin mir ziemlich auf den Magen schlug, als ich die Hoftür hinter mir schloss und zum Tresen zurückkehrte. Armes Ding. Aber Sand akzeptierte nun mal kein Nein. Und was sollte ich schon machen?

Alles, was mir blieb, war, mein schlechtes Gewissen und die Erinnerung an den von nackter Angst entstellten Gesichtsausdruck der Kellnerin mit Schnaps hinunterzuspülen.

FÜNFZEHN

„Verdammt, was mache ich hier eigentlich? Das ist alles so fucking … äh, naja, so irreal! So komplett sinnlos."

Ich stand mit einem Bouquet Wiesenblumen in der Hand wie ein Trottel an der Straßenecke und zweifelte an ziemlich allem. Verdammt, plötzlich schoss mir auch noch Oberscharführer Sand durch den Kopf. Gallizismen verachtete dieser nämlich ebenso wie Anglizismen.

Letztendlich hatte er mich nach Hürth gefahren. Respekt vor der Schönheit und Reinheit der deutschen Sprache und so ein Kram. Über derartige Themen – sprachliche und rassische Reinheit – hatte Sand die ganze Fahrt über schwadroniert. Aber weder ich noch Paulchen – ein etwa zwölfjähriger Hitlerjunge der stillschweigend mit uns im Opel Blitz saß – waren in der Stimmung gewesen, auf ein Gespräch einzugehen.

Paulchen war keiner von den Knaben vom See und ich wusste nicht, was Sand mit ihm vorhatte. Ehrlicherweise wollte ich das auch gar nicht wissen, denn Paulchen schien sich keineswegs auf die nächsten paar Stunden in Sands Gesellschaft zu freuen.

Irgendwo auf der Luxemburger hatte der Oberscharführer mich abgesetzt und war mit Paulchen weitergefahren.

Und jetzt stand ich hier. Mit dem Strauß Blumen in der Hand, nicht direkt vor, aber immerhin in Sichtweite des Rosenbaumschen Ladens, und bereitete mich innerlich darauf vor, die Familie um Entschuldigung zu bitten.

Ich hatte mich im Vorfeld bereits so gut wie möglich präpariert.

Die hässliche Uniform lag zuhause auf dem Stuhl, dafür trug ich einen maßgeschneiderten Anzug, war frisch gebadet und frisiert, hatte auch relativ teures– so glaubte ich zumindest, denn das mit den Eiern und der Reichsmark hatte ich noch nicht so ganz verstanden – Eau de Toilette erworben und mich damit, wie jeder Teenager das zu tun pflegt, maßlos übertrieben eingewolkt.

Dazu erwähnter Blumenstrauß und ein Umschlag mit – da war ich mir immerhin sicher – sehr viel Geld. Als Entschuldigungsgeschenk quasi.

Und doch … so irreal, komplett sinnlos das Ganze.

Ich war im Begriff, mich bei einer Jüdin (!) für mein vollkommen unangemessenes Verhalten ihr und ihrer Familie gegenüber zu entschuldigen, dabei war ich ihnen zu tiefstem Dank verpflichtet. Und das im Endeffekt, weil mich ein Zigeunerfluch (!) und ein unhöflicher Dämon (!) … nein, irreal, sinnlos, weitere Erklärungen völlig zwecklos. Die Situation, in der ich steckte war absolut grotesk.

Aber was sollte ich anderes tun?

Also gab ich mir einen Ruck, holte tief Luft und machte den ersten Schritt in das vor mir liegende Debakel.

Ein Schritt, der sich schwerer anfühlte, als alle vorherigen Schritte, die ich je getan hatte. Als hätte ich diese seltsamen Tiefseetaucherbleischuhe an. Ich fühlte mich wie Charles Bronson in Once upon … also, du weißt schon, der mit der Mundharmonika und dem Dings …

Sonst google selbst.

Bizarrerweise fing irgendwo eine Glocke an zu läuten. Wäre mir nicht der Arsch auf Grundeis gegangen, hätte ich lachen müssen, so absurd war das alles.

Ich befand mich etwa auf halbem Weg über die Straße, als die Tür zu Rosenbaums Laden aufging. Ein junger Mann – Lévi? Einer von denen hatte doch Lévi geheißen, oder? – überlegte ich panisch, trat vor die Tür, verabschiedete einen Kunden und schenkte mir ein einladendes Lächeln.

„Das ist ja dufte! Sind die für mich?", fragte er witzelnd.

Aber ich war mal wieder völlig überfordert. „Was? Äh, ja. Ne, nein, also, ich …"

Lévi lachte herzlich. „Nur ein Spaß, mein Freund. Komm rein. Wir kennen uns doch von irgendwo her, oder nicht?"

Alle meine Instinkte schrien mich an, laut „Nein!" zu rufen, Blumenstrauß und Geldbündel hinzuwerfen und einfach das Weite zu suchen. „Naja, also", stammelte ich stattdessen, „irgendwie schon, ja, aber …"

„Du willst bestimmt zu Esther, mit dem Blumenstrauß, habe ich Recht?" Und bevor ich reagieren konnte, rief Lévi auch schon: „Esther, komm, du hast Besuch!"

Und da stand sie auch schon – beziehungsweise standen sie, denn neben Esther hatten sich auch die restlichen Rosenbaums neugierig in den Verkaufsraum gedrängt. Im Gegensatz zu Lévi erkannten sie mich alle sofort.

„Du!", entfuhr es Esther und ihrem Vater wie aus einem Mund.

„Du hast zehn Sekunden", fuhr der alte Rosenbaum mit verschränkten Armen und grimmiger Stimme fort, während Esther mich abschätzig musterte, „um zu erklären, was du hier willst."

Hilflos schaute ich auf den zornigen Mann, die Blumen in meiner Hand, dann auf meine eigenen Schuhe. Meine Knie zitterten, ich schluckte, murmelte dann: „Ich glaub, das … äh … das dauert vielleicht etwas länger."

Esther schnaubte, rollte die Augen, flüsterte dann aber ihrem Vater et-was ins Ohr.

Der grollte mich weiterhin an, doch nach einem endlos erscheinenden Moment befahl er: „Lévi, schließ den Laden ab. Das klären wir in der Kü-che!"

Kurz später saßen wir alle am großen Eichentisch in der Küche, der alte Rosenbaum am Kopfende, ich ihm gegenüber – auf der Anklagebank, sozusagen. Die anderen Rosenbaums an den langen Seiten des Tisches: Esther natürlich, ihre Brüder Lévi und Aaron, mit acht Jahren der jüngste der Familie, und Mutter Sara – für mich natürlich „Frau Rosenbaum".

Aller Augen waren auf mich gerichtet. Nur Frau Rosenbaums suchte nach einer Vase für die Blumen und meckerte ihre Meinung über mich ins Zimmer: „Ikh tsutroy im nisht", „Sie sind mir egal!" und dergleichen.

Insgesamt war die Stimmung mir gegenüber recht feindselig.

Eigentlich verständlich.

„Also, ähem", brach ich endlich das Schweigen, nachdem Frau Rosen-baum die Blumen versorgt und sich zur grimmigen Tischrunde hinzuge-sellt hatte. Ich starrte höchst verlegen auf die Tischoberfläche und mur-melte schamrot: „Ich möchte mich entschuldigen!"

Esther räusperte sich. Das klang wie eine Warnung.

„Ich möchte um Entschuldigung bitten", beeilte ich mich zu korrigieren. Aber da fuhr mir der alte Rosenbaum schon ins Wort: „Deine Uniform!"

„Wie bitte? Was?"

„Warum trägst du deine schöne braune Uniform nicht?", schnauzte Herr Rosenbaum.

„Scheiß-Nazi", zischte Lévi, aber sein Vater wies ihn mit einer Handbe-wegung zur Ruhe.

„Ich verstehe nicht, was meine Uniform …"

„Na, du bist doch ein Nazi, oder? Du hast in Köln … wie nennt ihr das? Politik gemacht, ja? So sagt ihr doch, wenn ihr Scheiben einschmeißt und Parolen an Wände schmiert."

„Äh, naja, ja, also", musste ich halbherzig zustimmen. Ich konnte schließlich nicht abstreiten, dass ich Nazi war. SA-Uniform, Parteiausweis, Scheiben einschmeißen, das ganze Kaliber.

„Warst du das draußen auch? Waren zumindest Kameraden von dir", warf Esther mir vor.

„Was?" Vorhin war mir nichts aufgefallen, aber jetzt, wo Esther es sagte, fiel es mir doch auf. Ich hatte gar nichts dabei gedacht, war mir so normal vorgekommen, dass mein Gehirn gar nichts registriert hatte. Aber ja, da hatte irgendjemand etwas mit weißer Farbe an die Scheiben geschmiert. Plötzlich Erinnerungen an eine der zurückliegenden Nächte. Die Jungs und ich und eine Flasche Schnaps. Nicht hier, aber irgendwo in Köln. Pflastersteine, Klirren. Judenschweine. Anton hatte den Eimer Farbe mit dem Pinsel gehalten. Ein Hakenkreuz malen war nicht so einfach. Viel Spaß gehabt. Ich hätte das nicht für möglich gehalten, aber ich spürte, wie mein Kopf noch röter wurde.

„Ach, so, nein, das war ich nicht!"

„Natürlich nicht!", schnaufte Esther und verdrehte die Augen.

„Also mal raus mit der Sprache", fuhr der alte Rosenbaum in freundlicherem Tonfall fort. „Du bist ein Nazi, wir sind Juden. Deine erklärten Feinde. Sara, sei so nett, setz uns und unserem Gast doch bitte eine Kanne Kaffee auf, nimm vom guten Kaffee. Ich möchte wirklich hören, was er zu sagen hat. Vielleicht auch etwas Gebäck?"

Frau Rosenbaum stand meckernd auf, aber tat, was ihr aufgetragen worden war.

„Ich weiß nicht, wo ich anfangen soll", murmelte ich hochverlegen.

„Dann eben damit: Du schmeißt unseren Brüdern und Schwestern die Scheiben ein und willst dich gerade bei uns entschuldigen. Warum? Was macht uns, die Familie Rosenbaum, so besonders? Sind wir nicht als Juden ein Parasit in deinem geliebten Volkskörper?"

„So einfach ist das nicht."

„Ach? Wie ist es dann? Erklär' es mir!"

„Ähm …"

Ich verstummte, sammelte mich kurz. Die Ereignisse der letzten fünf Minuten hatte ich zwar noch nicht wirklich verdaut, aber mit Rassenkunde und deren Ausnahmen hatte ich mich ja schon einmal auseinandergesetzt.

„Also", hob ich daher an, „es ist im Prinzip wie mit den Kanaken."

„Wie bitte? Wieso die Kanaken?", entfuhr es Lévi ungläubig.

„Na, die kommen hier her, nehmen uns unsere Arbeitsplätze weg, besetzen unsere Wohnungen …"

„Moment mal, die Kanaken?", horchte Herr Rosenbaum nach.

„Ja, klar."

„Was haben irgendwelche Südsee-Wilden mit uns zu tun?"

„Was?"

„Kanaken wohnen doch in der Südsee, oder?", fragte Herr Rosenbaum.

„In Neukaledonien", verkündete Aaron stolz. Hatte er bestimmt in der Schule gelernt. Enjoy it while it lasts, fuhr mir durch den Kopf und ich schämte mich gleich darauf doppelt, als mir zur Abwechslung mal andere Dinge aus dem Geschichtsunterricht (außer Julia Klamatschke) aus der Erinnerung hochwaberten.

„Vielleicht meint er die Völkerschau im Kölner Zoo?", schlug Esther vor.

„Kanaken, Schmanaken", schimpfte Frau Rosenbaum und knallte mir äußerst unwirsch Geschirr auf den Tisch.

„Nein, nein", korrigierte ich. „Die anderen Kanaken. Also die Ölaugen."

Einzig Frau Rosenbaum blickte mich nicht verständnislos an. Denn die suchte nach Süßgebäck.

„Die Gastarbeiter", erklärte ich. „Die Migranten und Asylanten." Dann, als immer noch keiner verstand: „Die Hakennasen eben."

„Ähem."

„Entschuldigung. Die Ausländer, meine ich. Die Itaka und Polen und Griechen und Syrer und so."

„Was bitte haben wir mit den Polen zu tun?" Herr Rosenbaums Stimme klang plötzlich wieder kalt vor beherrschtem Zorn, die Fäuste auf dem Tisch geballt.

„Vater hat nach dem Weltkrieg mit den Freikorps gegen die Polen ge-kämpft", entfuhr es Aaron.

„Wie bitte?" Abermals fühlte ich mich sehr überrumpelt.

„In Schlesien! Fürs Vaterland!"

„Sei still, Aaron", herrschte sein Vater ihn an. „Das gehört hier nicht her. Geh und hilf deiner Mutter."

Ich staunte. Freikorps. Darüber hatte ich mal schwärmerisch referiert. Das klang super. „Sie haben für Deutschland gekämpft?", staunte ich.

„Wofür denn sonst?"

„Vater hat im Weltkrieg bei Verdun gekämpft", erklärte Esther. „Aber mal zurück zu Juden und Polen. Ich verstehe das nämlich auch nicht."

Mit feindseligem Glitzern in den Augen goss Frau Rosenbaum den Kaffee ein. „Milch und Zucker?", zischte sie. Ihre Worte klangen in meinen

Ohren wie ein Todesurteil, als würde sie mich fragen, ob ich Zyankali oder Rattengift wollte.

„Nein ... nein, danke", stammelte ich, versuchte erneut eine Erklärung: „Also, ja, ich bin Nazi. Und ... und vieles von dem, was man über die Juden sagt, stimmt ja auch."

„Was sagt man denn so über uns?", fragte Aaron voller kindlicher Unschuld.

„Äh ... also ... früher habt ihr Brunnen vergiftet. Also, manche von euch sicher. Bestimmt nicht alle. Jetzt wollt ihr die jüdisch-bolschewistische Weltrevolution."

Wie ein Hai aus der Tiefe tauchte Frau Rosenbaum in meinem Blickfeld auf, schenkte heißen Kaffee in die Tasse und stellte einen kleinen Teller mit Gebäck auf den Tisch. „Soso, Brunnen vergiftet ...?", zischte sie dabei bösartig vor sich hin.

„Warum haben Juden die Brunnen vergiftet?", staunte Aaron wissbegierig. „Und wie? Sind die durchs Land gezogen und haben in alle Brunnen Gift reingemacht?"

„Nein", murmelte ich, „ich glaub, die haben das da gemacht, wo sie wohnten."

„Aber das macht keinen Sinn." Aaron lachte. „Dann haben die ja selber nur Gift und kein Wasser mehr."

„Äh ..." Mein Mund blieb offen. Ich hatte absolut keine Ahnung, was ich auf Aarons Kinderlogik erwidern sollte.

„Mal zurück zur sogenannten „jüdisch-bolschewistischen Weltrevolution", lenkte Herr Rosenbaum das Thema um. „Was ist das denn eigentlich?"

„Naja, naja, also, das ist ..." Bei diesem Thema war ich zumindest etwas sicherer unterwegs. Da wusste ich eine Menge drüber, aus Kubitscheks

Vorträgen und den Zeitschriften, die er verlegte. Vielmehr in der Zukunft verlegen würde.

„Ihr wollt erstmal auf der ganzen Welt den Kommunismus einführen."

„Auf der ganzen Welt? Warum sollten wir das tun?"

„Naja, um die Weltwirtschaft und die Aktienmärkte zu beherrschen und so. Protokolle der Weisen und so."

Beim Namen der Quelle (ich musste innerlich zugeben, dass die Situation, in der ich gerade steckte, keine für ein glaubhaftes „Höcke hat gesagt, dass ..." war) ächzten die Rosenbaums kollektiv auf. Frau Rosenbaum nahm mir sogar die Kekse wieder ab. „Die Protokolle mal wieder", seufzte Herr Rosenbaum, die Stirn in Falten gelegt. „Natürlich, ich vergaß. Die gelten bei euch ja als seriöse Quelle."

„Sind sie das etwa nicht?" Das „aber Höcke sagt immer ..." verkniff ich mir auch hier. Ich konnte ja schwerlich auf etwaige Nachfragen erklären, wer Höcke war. Oder sein würde. Oder dass ich aus der Zukunft kam und von einem Dämon verfolgt wurde.

„Natürlich nicht", schnaubte Esther. „Eine plumpe Fälschung aus der Zeit der Jahrhundertwende. Noch nicht mal originell, sondern zum größten Teil abgeschrieben – aus Werken, die keinen antisemitischen Bezug hatten."

„Aber ..."

„Nichts aber. Lies erstmal Maurice Jolys ‚Dialogue aux enfers entre Machiavel et Montesquieu'. Dann können wir meinetwegen über diese lächerlichen Protokolle reden."

„Ich kann kein Französisch", gestand ich kleinlaut. Besser, so etwas zuzugeben, als einzugestehen, dass ich die Protokolle nie selbst gelesen hatte. Ich kannte nur Kubitscheks Epitome.

Keine Zeit zu überlegen, woher ich den Begriff „Epitome" kannte. Ich musste bei der Sache bleiben, mich nicht ablenken lassen. Und bloß nicht in die Irre führen lassen von diesen Leuten.

Esther verdrehte die Augen, schüttelte ungläubig den Kopf. „Natürlich nicht", *quittierte sie dann.* „Gespräche in der Unterwelt zwischen Machiavelli und Montesquieu."

„Aber das Weltfinanzjudentum ..."

„Hah!", *lachte Herr Rosenbaum zynisch.* „Junge, entscheide dich: Aktienmärkte und Weltfinanzen oder Kommunismus? Und überhaupt: Sieht das hier etwa so aus, als steckten wir mit irgendwelchen Börsen-Größen in London und New York unter einer Decke? Oder mit irgendwelchen Partei-Apparatschiks aus Moskau?"

Nein, danach sah das hier ehrlich gesagt nicht aus. Für meine neuzeitverwöhnten Augen wirkte alles bisher wie jedes Uraltdrecksloch in den Dreißigern. Dunkel, kalt, altbacken, kein Internet.

Äußern konnte ich das jedoch nicht, denn Herr Rosenbaum fuhr ohne Pause fort: „Keine Kronleuchter an der Decke, keine Marmorkacheln an den Wänden? Die ganzen Reichtümer, die wir euch ehrlich arbeitenden Deutschen weggerafft haben, müssen doch hier irgendwo sein? Apropos: Was machst du denn beruflich?"

„Äh, also ...ich?"

Nichts eigentlich. Oder? Ich war Nazi. Machte ich sonst irgendetwas beruflich? Ich hatte mal ein Praktikum in einer Friedhofsgärtnerei gemacht. Für die Schule. Aber ich bezweifelte, dass das zählte.

„Trink! Deinen! Kaffee!", *zischte urplötzlich Frau Rosenbaums Stimme eiskalt direkt in mein Ohr und setzte sich wieder zur Familie an den Tisch.*

„Na komm, du musst doch einen Beruf gelernt haben?"

„Äh, nein, bisher nicht."

Schweigen.

Ich brach es: „Ok, zugegeben, Ihr seid ja ganz normale Leute, aber …"

Schnell wie eine Peitsche schlug Frau Rosenbaums Zunge zu: „Die Silbersteins waren auch ganz normale Leute. Denen habt ihr die Scheiben eingeschmissen und Parolen an die Wand geschmiert. Anya Silberstein hat in der Nacht ihr ungeborenes Kind verloren. Alles ganz normal, was?"

Wieder Schweigen.

Wieder mal hatte ich nichts dazugelernt: „Das, naja, das war der gerechte Volkszorn."

„Pah! Mir reicht das hier", rief Esther, knallte die Fäuste auf den Tisch und wollte aufstehen. Aber ihr Vater hielt sie zurück.

„Sei nicht unhöflich, Esther. Der junge Mann hat dir Blumen mitgebracht. Zumindest eine Tasse Kaffee und ein leichtes Gespräch sollten da doch drin sein, oder? Außerdem wollte er uns ja noch etwas sagen, oder nicht?"

Erneut lagen alle Augen auf mir.

„Trink, trink", forderte Frau Rosenbaum auf.

Ich schluckte. Der Moment war gekommen.

„Ich … ich möchte mich einerseits bei euch bedanken. Dafür, dass ihr mich aufgenommen und gepflegt habt."

Ich senkte den Kopf.

„Und im Gegenzug habe ich mich euch gegenüber wie der letzte Arsch verhalten. Es tut mir wirklich leid. Und …"

Ich wies über seine Schulter, Richtung Laden.

„Ich möchte für Reparatur und Reinigung bezahlen."

Als ich in meine Tasche nach dem Bündel Scheine griff, kam mir ein furchterregender Gedanke. Was, wenn Esther Recht hatte? Wenn alle über die Protokolle der Weisen von Zion schlecht informiert waren, dann vielleicht auch über andere Themen? Was, wenn die Dinge, die ich in der Schule aufgeschnappt hatte, stimmten? Also, nicht Auschwitz und der Holocaust natürlich, da war ich mir ziemlich sicher, das war nichts als alliierte Propaganda.

Aber sowas wie die Nürnberger Gesetze oder die Kristallnacht. Das hatte ja wohl doch stattgefunden? Die Jungs hatten in den letzten Wochen oft überlegt, was man Juden in Zukunft alles verbieten sollte. Die Nürnberger Gesetze würden kommen. Aaron würde nicht mehr zur Schule gehen dürfen. Und selbst wenn die Rosenbaums dann ihren Laden nicht schließen oder verkaufen müssten, würde er ihnen spätestens zur Kristallnacht komplett verwüstet. Und danach?

Bilder von skelettartigen Menschen in gestreiften Lumpen zischten mir durch den Geist. Die verdammte Propaganda der Siegermächte. Aber Deportationen hatte es doch gegeben, bzw. würde es geben, oder? War ja der Plan gewesen, die Juden im Osten anzusiedeln. Bilder von Transportwaggons, in denen hunderte von Menschen wie Sardinen gequetscht stünden. Auch Propaganda?

Propaganda oder nicht: Schul- und Berufsverbot, Demütigungen, Pogrome, Deportation – das gönnte ich diesen Leuten hier einfach nicht.

Ich präsentierte das Geldbündel. Mehrere tausend Mark. Verdammt, ich wusste immer noch nicht genau, was der Pseudo-Euro hier wert war. Aber es war viel Geld, sehr viel Geld, soviel wusste ich.

Augen weiteten sich, Kinnladen klappten herunter. Jetzt war das Schweigen ungläubig. Alle starrten auf das kleine Vermögen, das ich auf den Tisch gelegt hatte.

Ich war noch nie sehr gut darin gewesen, die Atmosphäre im Raum zu lesen. Aber selbst ich spürte deutlich, wie die Stimmung kippte.

Herr Rosenbaums Mine verfinsterte sich, seine Brauen verknoteten sich zu zornigen Raupen. Ich hatte mir ganz offensichtlich großen Ärger eingehandelt. Würde Herr Rosenbaum mir jeden Geldschein einzeln in den Rachen stopfen?

Aber Frau Rosenbaum war schneller.

Wie eine Schlange, die sich auf ihr Opfer stürzt, schneller als das Auge nachverfolgen konnte, griff sie das Bündel Scheine und fauchte: „Danke!" In meinen Ohren klang es wie „Stirb, du Nazi-Sau!"

„Ich ... ich ...", stammelte ich, „ich sollte gehen!"

Ruckartig stand ich auf.

„Kaffee fertig?", zischte Frau Rosenbaum. Herr Rosenbaum machte den Eindruck, ebenfalls etwas sagen zu wollen, doch ich kam ihm zuvor:

„Ich danke für die Gastfreundschaft", deutete eine leichte Verbeugung an und flüchtete geradezu aus der Küche, aus dem Haus, irgendwohin, nur weg von hier.

SECHZEHN

Na, das war ja mal wieder total großartig gelaufen!

In Trübsal und Selbstvorwürfe gehüllt schlurfte ich die Landstraße hinunter und schwelgte in düsteren Gedanken. In meinem Kopf hallte und echote die letzte Stunde und das Gespräch bei den Rosenbaums dutzend-, hundertfach wider.

Was hatte das alles zu bedeuten? Hatten meine Kumpel gelogen? Stimmte etwa der Scheiß aus dem Geschichtsunterricht?

Herr Rosenbaum verdiente zumindest meinen Respekt.

Der Mann hatte schließlich gekämpft! Fürs Vaterland. Das war bedeutend mehr, als ich selbst vorzuweisen hatte.

Und dann noch nach 1918? Was war das? Freikorps in Polen? Davon hatte ich in der Schule nichts gehört. Ich musste unbedingt mehr darüber erfahren.

Aber nicht von Herrn Rosenbaum, das stand fest.

Mir schwindelte, während ich taub einen Fuß vor den anderen setzte. Der dunkle Raum, der schwere Tisch, die mordverheißenden Blicke der Alten, die … äh … wunderschön zarte Haut Esthers. Was sollte ich nur von allem halten? War das am Ende die Art der Juden, Arier wie mich zu verwirren?

Motorengeräusch und eine Staubwolke rissen mich vorerst aus meiner Verwirrung. Ein Fahrzeug hielt mit quietschenden Reifen neben mir auf der unbefestigten Straße. Durch Staubnebel und Hustenanfall erkannte ich die Umrisse und Einzelheiten. Kein Zweifel, ein Opel Blitz.

„Na los, rein mit dir!", gellte der Befehl und als sich der Nebel lichtete, sah ich mich Oberscharführer Sands Schweinegrinsen gegenüber. „Oder willste bis nach Hause laufen?"

Das Innere des Fahrzeugs war schmuddelig, es stank nach Schweiß und Furz und saurem Bier von vorgestern. Von Paulchen fehlte jede Spur. Aber Sand hatte recht: Besser als laufen war das allemal.

„Warst bei deiner Jüdin, wa?", frotzelte der Fettsack, als sich der Truck – ähem, der LKW – wieder in Bewegung setzte.

Ich spürte, wie ich erbleichte, was Sand aber nur weiteres dreckiges Gelächter entlockte: „Mach dir mal nicht in die Hosen, bei dem Fräulein kann ich dich gut verstehen." Er zwinkerte mir zu. „Der würde ich auch gerne meinen Volkszorn zeigen, hähähä ... "

Darauf erwiderte ich nichts, was Sand aber nur zu weiteren verbalen Schweinereien anstachelte: „Hat schon knackige Titten, die Kleine. Hat sie sie dir gezeigt? Habt ihr? Hahaha. Klar, der feine Herr: Schweigen und genießen, schon klar, schon klar."

Kurze Stille, dann: „Mann, Mann, Mann, wenn ich mir diese kleinen und feinen Jiddenlippen um meinen Josef ... "

„Schon gut, sei still!", entfuhr es mir endlich.

Aber Sand lachte nur über meinen Zorn, lachte, bis ihm die Tränen und das Husten kamen.

„Brauchst keine Angst haben", fuhr er dann fort, als er sich wieder gefangen hatte. „Ich sag unseren Kameraden nichts von deiner blutschänderischen Liebschaft. Ich verrate doch meine Freunde nicht."

Eine schwere, muskulöse Hand legte sich auf meinen Oberschenkel und begann, diesen mit millimeterfeinen Bewegungen zu massieren.

„Wir. Sind. Doch. Freunde. Oder?"

Sand blickte mich eindringlich an, mit einem Blick, von dem es kein Entrinnen gab. Jede Spur von Spott, Spaß und Schweinerei war aus seinem Gesicht verschwunden.

Ich schluckte und erkannte mit einem schwarzen Loch in der Magengegend, dass Sand und ich ganz und gar keine Freunde waren. Seine Hand kroch meinen Oberschenkel hinauf, die Fahrt des Blitzes verlangsamte sich, Schweißperlen bildeten sich auf unseren Stirnen. Auf meiner war es Angstschweiß, beim Oberscharführer aber …

„K … K … Klar sind wir Freunde", stotterte ich. „Aber nimm die Hand da weg, ja?"

Hatte ich mir nicht mal vorgenommen, dem nächsten, der mich schwul anmachte, den Unterkiefer zu brechen? Dafür war das eine ganz, ganz schwache Reaktion auf die Situation. Das musste ich mir klar eingestehen.

Sand merkte das natürlich auch. Sein Grinsen bekam Zähne, er trat auf die Bremse, der Blitz kam zum Stillstand. „Du und ich", schnurrte Sand, „wir werden uns jetzt mal unter vier Augen unterhalten."

Ich war in Schockstarre. Wie festgefroren. Aber eins war mir klar: Wenn ich nicht jetzt – augenblicklich jetzt! – etwas tat, würde mich das alte Schwein hier im LKW vergewaltigen.

Meine Rettung hatte ich schließlich Niebel zu verdanken. Im Schneidersitz und mit einer Tüte Popcorn tauchte er aus dem Nichts auf der Motorhaube auf.

„Bei YouPorn labern die Leute nicht ansatzweise so viel. Legt endlich los", feixte er.

Und ich legte los. So gut ich konnte jedenfalls. Mein Faustschlag traf den Oberscharführer genau auf die fette Säufernase. Ich blieb nicht, um mein Werk zu betrachten; fast panisch riss ich die Beifahrertür auf, *purzelte – Niebels höhnisches Gelächter in den Ohren – aus der Fahrerkabine und in den Straßengraben.*

*Der Aufprall raubte mir den Atem, aber Sands zorniges Gezeter –
„Komm zurück! Das wirst du bereuen! Ich mach dich fertig, du kleine
Sau!" – peitschte mich in Sekunden wieder auf die Beine.*

*Ich rannte, blindlings querfeldein drauflos, wohin der LKW mir nicht
würde folgen können. Über einen Acker, durch ein Wäldchen, watete
durch einen Bach, kam schließlich atemlos am Rande eines weiteren
Ackers zur Ruhe. Keine Ahnung, wo ich war, aber wenigstens war ich
fürs Erste sicher.*

SIEBZEHN

Ein paar Tage später, wie viele weiß ich nicht. Ich hatte sehr viel getrunken in den letzten Tagen, selbst für meine Verhältnisse. Seit dem Vorfall auf der Rückfahrt in Sands Opel Blitz hatte ich eigentlich nicht aufgehört zu saufen.

Ich hatte noch in der Nacht von David erfahren, dass das pädophile Arschloch zu einer Mission aufgebrochen war, praktisch direkt am nächsten Tag. So hatte ich zumindest ein paar Tage, wo ich vor ihm sicher war.

Mittlerweile ist alles komplett in ein „ist doch eh egal, soll er doch kommen" übergegangen.

Ich hockte praktisch in meinem Suff und ließ die Dinge geschehen.

Wir hingen mal wieder in irgendeiner ideologisch verbündeten Kneipe, einer der vielen, deren Namen ich mir ums Verrecken nicht merken konnte. Mein Kopf schwirrte, mein Magen rebellierte. Die Rosenbaums, das Gespräch in der Küche, Esther, Sands widerliche Finger, ausgekotzte Hamantaschen ... Erstickend, strangulierend meine Gedanken. Fuck, ich konnte nicht mehr, ich musste hier raus. Aber alleine sein wollte ich auch nicht.

„David, hast du Bock mich zu begleiten?", fragte ich also. „Muss mal was raus."

„Stets zu Diensten, Kamerad. Wann geht es los?"

Ich stand auf und legte 5 Reichsmark auf den Tresen.

„Am besten jetzt."

„Männer, antreten!", brüllte er in Richtung Anton und Paul. Die reagierten prompt und tranken ihr Bier aus, knallten die Gläser auf den Tisch und quälten sich umständlich von der Eckbank in der Schänke.

Ich seufzte und legte nochmal 5 Reichsmark auf den Tresen. Der Köbes nickte und grinste. Ich hatte immer noch nicht drauf, wie viel Reichsmark hier einem Euro entsprachen. Oder wieviel Bier man dafür bekam. Das machte unter Garantie einen bedeutenden Teil meiner Beliebtheit aus.

Etwas später liefen wir tolle Herrenmenschen über den Alter Markt. Am Jan-von-Werth-Denkmal hatte sich ein kleiner Aufruhr gebildet, auf den wir natürlich zielstrebig zusteuerten.

„Was ist hier los?", fragte David und strich sich mit autoritärer Geste über seinen Flaum.

Zwei Männer in zerrissener Kleidung hielten einen jungen Mann in noch armseligeren Klamotten fest und drehten ihm dabei brutal den Arm auf den Rücken. Um sie herum hatte sich eine Gruppe Schaulustiger und Protestierer versammelt. Zumeist Frauen und Mädchen. Die männlichen Teilnehmer hielten sich eher zurück und vergrößerten den Abstand, als wir auf den Plan traten.

„Was hier los ist, habe ich gefragt!", erinnerte David die beiden. Seine Stimme klang leider nicht annähernd so befehlsgewohnt wie die unseres Oberscharführers.

Der Malträtierte blickte auf und ich sah in das durchaus hübsche Gesicht des jungen Mannes. Das erklärte das starke weibliche Interesse am Geschehen.

„Er hat gegen den Brunnen gepisst!", sagte einer der beiden, die ihn festhielten.

Ich dachte daran, wie ich in der Nacht vor drei Tagen selbiges getan hatte. Genau genommen sogar in den Brunnen.

Ich hatte eh nichts übrig für diesen Jan van Werth, der damals mit seiner Truppe wie ein Heuschreckenschwarm plündernd und brandschatzend durchs Land gezogen war und nun als Nationalheld gefeiert wurde.

„Das ist Blasphemie!", rief Paul.

„Das ist nicht der korrekte Begriff. Hier ist ja nichts Göttliches in Frage gestellt worden. Denkmalschändung trifft es eher", erklärte ich.

„Egal!", sagte Paul und schlug dem hübschen Kerl mit der Faust ins Gesicht.

In diesem Moment flogen Steine von irgendwo aus der Menge und einer traf Paul hart am Kopf. Der junge Mann riss sich los und trat Paul gegen das Schienbein, um die Flucht zu ergreifen.

„Bündische!", rief Anton.

Eine Gruppe von fünf bis sechs Leuten ergriff gleichzeitig die Flucht.

„Hinterher!", brüllte Paul. Seine Stirn, auf der eine ganze Insel von Akne-Pusteln geplatzt war, blutete heftig.

Meine Kameraden setzten den fliehenden Steinewerfern nach und ich wollte mich gerade anschließen, da entdeckte ich in der Menge Niebel, der langsam den Kopf schüttelte.

„Fick dich, du ...!", setzte ich an, doch ich verstummte, denn neben dem Dämon stand Esther.

Esther. Wie eine Lichtgestalt, ein übermenschlicher Gegenpol zu Niebel: ein dunkel behaarter Engel in blauem Mantel.

Mit der schönsten Stupsnase der Welt.

Ich erstarrte beim Anblick der Jüdin. Ihr Blick traf mich. Ein wütender Blick. Das Mädchen drehte sich um und war im Begriff, in der Menge zu verschwinden.

Ich setzte ihr nach. Meine neuen Freunde würden auch ohne mich klarkommen.

Fuck, fuck, fuck, beziehungsweise verdammte Scheiße (ein guter arischer Fluch, nahm ich an), das war doch nicht möglich! Was machte Esther hier? Warum liefen wir uns wieder über den Weg?

Und warum benahm ich mich vor ihr immer so dermaßen blamabel daneben?

Solche und ähnliche Gedanken schossen mir durch den Kopf, dicht gefolgt von weiteren eher defätistischer Natur: Was lief ich ihr überhaupt hinterher? Ich hatte es mir doch schon total versaut bei ihr.

Allein ihr Blick eben. Der hatte alles gesagt, was sie mir je zu sagen gehabt hätte.

Ich würde mich doch nur lächerlich machen, wenn ich ...

Ich schob diese Gedanken beiseite und drängelte durch die Menge. Es war sehr viel Publikum zusammengekommen. Aber gut, mutmaßte ich, in prädigitalen Zeiten war Unterhaltung rar gesät. Keine Handys (leider), keine Tablets (Mäh), kein Internet, nichts. Voll öde halt.

Da mussten sich die Leute in Hinblick auf ihre Kurzweil mit dem zufrieden geben, was ihnen geboten wurde. Und wenn es Straßenschlägereien waren.

Ich arbeitete mich voran, immer auf der Ausschau nach Esthers blauem Mantel, dann und wann auch die Ellbogen einsetzend – ein gewisses Maß an körperlicher Gewalt schien hier ja fast schon zum guten Ton zu gehören.

Wo war sie nur hin?

„Du wirst sie nicht finden."

Niebels Stimme. Aber ich ignorierte den Dämon. Da! War das blau in meinem Augenwinkel?

„Nein, war es nicht. Sie ist weg, akzeptiere es."

Wichser.

Ich schob einen älteren Herrn unsanft aus dem Weg und plötzlich war ich durch die Menge hindurch, sah nur noch vereinzelte Passanten in Richtung des Pulks eilen, der jetzt die ersten Auflösungserscheinungen zeigte. Ich blickte mich hektisch um.

Wo nur? Wo? Da. Blau. Ich sprintete los.

„Das ist sie nicht, gib dir keine Mühe."

Doch, war sie. Da war ich sicher. Blauer Mantel, schwarze Haare – das musste sie sein.

„Esther, warte!", *rief ich.*

„Ich will dich nur ein bisschen endlösen", *äffte Niebel meine Stimme perfekt nach.*

Ob er diesmal auch wieder der Einzige war, der die Stimme hören konnte?

Oder hatte Esther das jetzt auch noch mitgekriegt?

Egal, ich hatte die Frau im blauen Mantel erreicht, packte sie schwungvoll am Ellbogen und riss sie herum.

Fuck … äh, Mist, das hätte ich besser nicht getan, schoss mir zeitgleich durch den Kopf. Aber jetzt war es zu spät.

War Esther vorher schon wütend gewesen, so war sie jetzt ob dieser rüden Geste männlicher Dominanz der personifizierte Zorn Gottes. (Zorn Jehovas? Zorn Jahwes? Fuck … Verdammt, wie hieß das bei den Juden nochmal?)

„Was willst du?", zischte Esther mit funkelnden Augen und gebleckten Zähnen. Keine Spur mehr jenes sanftmütigen Engels, den ich mir in meiner Vorstellung konstruiert hatte.

„Willst du mich auch schlagen? Wie dein Freund meinen Vater? Häh? Lass mich los, du widerlicher Schmock!"

Erschrocken bemerkte ich, dass ich ihren Ellbogen immer noch unsanft umklammert hielt. Mal wieder kam diese Erkenntnis zu spät, beziehungsweise zu langsam. Jedenfalls für Esther.

Die holte mit der anderen Hand aus und verpasste mir eine schallende Ohrfeige. Die ersten Passanten blieben stehen. Hier wurde Unterhaltung geboten. Furie und armer Trottel – eins der beliebtesten Straßenschauspiele überhaupt.

Und diese Inszenierung versprach ganz große Oper. SA-Trottel und jüdische Furie. Polit-Straßentheater. Satire live. Gelächter ertönte. Ich konnte inzwischen gar nicht mehr aufzählen, aus welchen Gründen ich mich schämte.

„Ich wollte", stammelte ich. Aber da holte Esther schon aus und schubste mich, so fest sie nur konnte.

Ärschlings landete ich auf dem Kopfsteinpflaster. Applaus aus dem Publikum.

„Du willst dich von mir fernhalten, du dummer Unmensch!", unterbrach Esther. „Und von meiner Familie auch!"

Wieder Applaus und zustimmendes Gejohle. Niebel grinsend in der ersten Reihe. Logenplatz. Der Wichser.

„Aber Esther", jammerte ich aufs Pathetischste. Niebel prustete so heftig los, dass ihm dämonische grüne Rotzblasen aus der Nase blubberten. Die Angejammerte stampfte mit dem Fuß auf.

„Nichts aber!", rief sie, laut genug, dass auch die hinteren Reihen alles mitbekamen. Sie beugte sich über mich. „Weißt du", zischte sie, „als wir dich im Wald gefunden haben, als wir dich gepflegt und wieder aufgepäppelt haben, da hast du wie ein netter Kerl gewirkt. Ich hätte nie gedacht, dass du einer von denen bist."

Na, ja. Geheilt worden wäre ich eh, dachte ich, sprach das aber nicht aus. Prinzipiell hatte Esther ja Recht. Was die Rosenbaums getan hatten, war nicht selbstverständlich gewesen.

Sie spuckte aus, als ob sie meine Gedanken erraten hätte. Immerhin mir nicht ins Gesicht. Ein gutes Zeichen. In meiner Lage nahm ich, was ich kriegen konnte. Buhrufe aus der Menge. "Saukerl!" und „Lump" war zu hören, aber auch konstruktive Kritik wie: „Sie hat was Besseres verdient als dich!"

Esther fuhr über den Lärm des Publikums fort: „Du bist nichts als ein elender Halunke. Ein versoffener Schläger. Wie hast du uns unsere Fürsorge gedankt, hä?"

Gekonnt spielte sie ihre Rolle; verstand es, das Publikum zu steuern und zu emotionalisieren. Fast wie Göbbels. Oder später Höcke.

„Meinen Vater habt ihr geschlagen – meinen Vater! Einen ehrlichen Geschäftsmann, der im Weltkrieg für Kaiser und Vaterland gekämpft hat und dafür mit Orden ausgezeichnet wurde!"

Aus der Menge wurden Äußerungen des Missfallens lauter und präsenter.

„Meine Familie gedemütigt. Auf offener Straße. Ihr Rohlinge!"

Pfeifen, Spucken, von irgendwoher wurde mir ein Kohlkopf an den Kopf geschmissen. Die Menge wurde zusehends aggressiver. Und ich war ganz klar der Antagonist im Stück.

Wollt ihr den totalen Krieg?

Ich schluckte, versuchte mich aufzurappeln. Esther beugte sich näher, so nah, dass sie mich am Aufstehen hinderte, so nah, dass nur ich die nächsten Worte hören konnte:

„Na, wie fühlt sich das an? Opfer einer aufgehetzten Menge zu sein, hm?"

„Ziemlich beschissen", flüsterte ich verdutzt zurück.

Erkannte ich ein spielerisches Glänzen in ihren Augen? Oder griff ich nur nach Strohhalmen?

Nein, ich meinte zu erkennen, dass Esther das Spiel ihrer Rolle sehr genoss. Oh, ihr Zorn war ernst. Zerschmetternd ernst.

Aber ihr Spiel mit dem Publikum? Das machte ihr Spaß. Wie eine Hollywood-Diva auf der Bühne. Dann richtete Esther sich wieder auf, klopfte ein paar Staubkörner von ihrem blauen Mantel und schritt hocherhobenen Hauptes von dannen, mich auf dem Kopfsteinpflaster zurücklassend.

Sie blickte sich noch einmal nach mir um, während das Publikum mich auslachte, bespuckte, verhöhnte. Und rannte plötzlich los, wirkte sehr aufgebracht. Aber sie war selbst dabei wunderschön.

Ein oder zwei Gemüseportionen flogen noch, aber das allgemeine Geschimpfe ebbte ab. Die Show war vorbei, das Spiel zu Ende. Ich hatte verloren.

Aber wenigstens lebte ich noch. Auch wenn ich mich daran im Moment ganz und gar nicht erfreuen konnte. Ich sprang auf und beschloss, Esther zu folgen und sie noch einmal zu konfrontieren. Ich musste sie finden, das hier konnte einfach nicht das Ende gewesen sein. Was sollte ich sagen? Ich war halt verliebt, da handelte man nicht logisch.

Die Gasse, die sie genommen hatte, teilte sich auf.

Wo war sie hin? Links? Nein. Rechts, im Zweifel immer rechts. Ich rannte los.

Die NSDAP hatte direkt nach der Machtergreifung am 30.01.1933 mit der Bekämpfung der politischen Linken und der bürgerlichen Parteien begonnen. Die Bündischen, weniger feste Organisation als unstrukturierte Jugendkultur, die seit dem Bestehen als Ergebnis einer schmerzhaften Presswehe des ersten verkackten Weltkrieges sich nach einer Berg- und Talfahrt aus Annäherung und Abgrenzung zu den Nazis am Ende als Gegenbewegung etablierte, fanden zunächst keine Beachtung, da sie als Bedrohung zu klein erschienen.

Erst am 25. März 1933 gab der Reichsjugendführer Baldur von Schirach Feuer frei, indem er mit einem Artikel im Völkischen Beobachter den Angriff auf die Bündischen einleitete. Viele schlossen sich der HJ an, andere unterließen fortan jegliche politische Betätigung; manche aber gingen in den Untergrund, um zu überleben.

Später sollten aus dieser Jugendsubkultur die Edelweißpiraten hervorgehen.

Oskar Jessewitz, Steinewerfer und erpichtes Mitglied der katholischen Jugend Ehrenfeld, ging es vor Allem darum, Nationalsozialisten zu ärgern. Und mit aller Härte zu bekämpfen. Und geärgert hatte er sie. Daran bestand kein Zweifel. Deswegen rannte er ja gerade. So schnell er konnte rannte er, floh durch die schmalen Altstadtgassen; Anton und David, in ähnlicher Eile, dicht auf seinen Fersen.

Natürlich kannte er deren Namen nicht. Oskar interessierte momentan nur, dass zwei Schläger von der SA hinter ihm her waren. Mehr war nicht wichtig. Er musste rennen, rennen, rennen. Überleben.

„Bleib stehen, du Judensau!"

Oskar war alles, nur nicht jüdischer Abstammung. In der Tat war er kein großer Freund der Juden, denn die – so hatte er von seinem Kaplan gelernt – hatten schließlich unseren Herrn Jesus Christus ans Kreuz geschlagen. Aber er machte sich keine Hoffnung, an dieser Stelle argumentieren zu können und rannte um sein Leben. Bis er um eine Ecke bog und in die Straßen-Auslage eines Krämerladens fiel. Inmitten eines wahren Pandämoniums aus Brettern, Obst und Ramsch brach er zusammen. Noch bevor er sich wieder aufrappeln konnte, wurde er von Anton und David gepackt.

Der Krämer kam aufgeregt aus seinem Laden gerannt. Als er die Anwesenheit der SA registrierte, verschwand er wieder im Laden und verrammelte die Tür.

„So, nun zu uns, du elendes Judenschwein …", zischte David.

Angeekelt starrte Oskar auf seinen Peiniger, dann spuckte er ihm ins Gesicht.

Paul hatte zur gleichen Zeit die Verfolgung der anderen Jugendlichen aufgenommen. Das war nicht sonderlich schlau von ihm gewesen, in seinem lädierten Zustand – immerhin blutete er noch wie ein Schwein aus seiner Kopfwunde – es direkt mit mehreren Steinwerfern aufnehmen zu wollen. Sein Übermut endete unglücklich, denn er sprintete blindlings und leicht taumelnd in eine ganz offensichtliche Falle.

„So, nun zu uns, du elendes Nazischwein …", schrie der erste der Rebellen, als sie alle hinter Paul den schmierigen Hof betraten, aus dem es keinen Fluchtweg gab.

Manchmal gewinnen auch die anderen. Paul jedenfalls sollte nach den Erlebnissen, die das Schicksal nun für ihn bereitstellte, niemanden mehr verfolgen.

Das, was die Jugendlichen von ihm übrigließen, erschwerte seine Identifizierung, als man ihn später fand.

David wusste davon nichts und hatte einen entscheidenden Vorteil, der Paul vielleicht das Leben gerettet hätte, wenn er ihn auch besessen hätte: Die Pistole, die er bereits im Lauf gezogen hatte und Oskar nun vor die Stirn hielt. Seine Hand zitterte, aber sein Finger drückte langsam den Abzug.

Ein Millimeter. Anton zischte: „Was machst du?" Zwei Millimeter. Anton war kreidebleich. „Mensch, das kannst du nicht machen!" Drei Millimeter. Oskar stand wie erstarrt und sah in die auf ihn zielende Pistolenmündung.

Da stürmte plötzlich Esther in ihrer Flucht vor mir um die Ecke und schrie, als sie die Szene überblickte.

Erschrocken drehte David sich um, richtete dabei die Waffe auf Esther, die so schnell herangestürmt war, dass sie sich nur noch knapp sechs Meter von ihnen entfernt befand.

Nun passierten drei Dinge gleichzeitig:

Ich betrat die Manege kurz nach Esthers Schrei, der mir durch Mark und Bein ging.

Ein Schuss löste sich aus Davids Waffe und Esther stürzte zu Boden, wie ein nasser Sack, während mich eine Mischung aus Blut, Gehirnmasse und Knochensplittern besprühte.

Davids Kugel hatte Esther direkt in ihr linkes Auge getroffen. Das war reiner Zufall, da David, selbst wenn er ein guter Schütze gewesen wäre und darauf gezielt hätte, mit der beschissenen Waffe niemals auch nur ihren Körper getroffen hätte.

Mich packte eine nie zuvor verspürte Wut. Eigentlich wurde ich wütend auf Alles. Auf meine persönliche Situation, gestrandet in der Vergangenheit. Auf Niebel, den verfickten Dämon. Auf die Nationalsozialisten. Und vor allen Dingen auf David. Ganz besonders auf David.

Ich rastete aus, umklammerte seinen Hals und verpasste ihm eine Kopfnuss, dass ich selbst dachte, mein Schädel müsste platzen. Seine Nase brach mit einem fürchterlichen Geräusch und sein Blut vermischte sich auf meinem Gesicht mit dem Blut meiner geliebten Esther. Noch während er zu Boden ging, hämmerte ich ihm mein Knie in den Bauch und dann stürzte ich mich auf ihn und schlug seinen Kopf immer wieder gegen das Kopfsteinpflaster, bis mich selbst im wahrsten Sinne der Schlag traf.

Anton hatte die Waffe aufgehoben und mir entgegen der Überzeugung, die er vorher noch vehement David gegenüber vertreten hatte, einen aufgesetzten Schuss in den Kopf verpasst.

Obwohl meine Selbstheilungskräfte erheblich schneller einsetzten als beim ersten Mal, warf mich der Schuss aus der Bahn. Bei einem aufgesetzten Schuss tritt nicht nur das Projektil ein, um Schaden anzurichten, sondern auch die Gaswolke aus der Waffe, die einen Luftballon bis zum Platzen aufblasen könnte. Ich sackte auf David zusammen, während ich Teile meines Kopfes auf dem Boden bestaunte, und dann hatte ich das Gefühl, dass ein paar Minuten gar nichts passierte.

Als ich wieder zu mir kam, wie in einem Film, der kurz angehalten worden war, ging ich ruckartig auf die Knie und schrie in Richtung meines ehemaligen Kameraden: „Sag mal, hast du Lack gesoffen? Was sollte das?"

Im nächsten Moment lag ich wieder auf dem Kopfsteinpflaster, wütende Leute um mich herum. Ein Apfel traf mich an der Schulter.

Ich sprang auf und beschloss, Esther zu folgen und sie noch einmal zu konfrontieren. Die Gasse, die sie genommen hatte, teilte sich auf.

Wo war sie hin? Links? Nein. Rechts, wie immer. Ich rannte los.

Ich hatte Glück und sah sie in der Mühlengasse verschwinden. Ich setzte ihr nach, kam um die Ecke und sah, wie sie auf ein paar Leute vor einem kleinen Laden zu rannte. Sie schrie. Ich rief auch irgendwas, holte auf und dann fiel ein Schuss.

Er traf jedoch niemanden. Esther rannte weiter.

Die Szene vor mir löste sich auf und plötzlich saß ich in dem Brauhaus, an dem ich kurz vorher noch vorbeigerannt war.

Und ich hatte immer noch das Blut von Esther, das Blut von David an meinen Klamotten.

Und neben mir saß ein Dämon und grinste mich dämlich an.

Niebel lachte laut auf und klopfte dem Alten auf die Schulter.

„Du hättest dein Gesicht sehen sollen. Zugegeben, du hast mir damals unnötige Arbeit gemacht, aber spätestens, als ich dir erklärt hatte, dass deine Jüdin mit Dutzenden anderen nach Auschwitz kommt und deine beiden Kumpel hohe Tiere bei der SS werden, war es die Mühe wert. Zwei Selbstmordversuche in drei Stunden. Respekt. Hab Tränen gelacht.“

„Ich hätte lieber dich umgebracht.“

„Das glaube ich dir.“ Niebel grinste. „Dein Wertesystem war damals auch etwas, äh, beschränkt.“

„Eigentlich empfinde ich heute noch so.“

„Obwohl ich dir ein paar Jahre später erlaubt hatte, sie wiederzusehen?"

Der Alte warf mit voller Wucht seine Bierflasche auf den Dämon, doch an der Stelle, wo sich Niebel Sekundenbruchteile vorher noch befunden hatte, durchschlug die Flasche nur Luft.

„Drecksack", brummte der Alte.

Obwohl Esthers Tod sich als Chimäre herausstellte, als perverse Illusion eines noch perverseren Dämons, hatte mich das Ganze doch ziemlich gefickt, so kopfmäßig. Also, nicht dass ich auf einmal anfing, Dinge zu sehen, die gar nicht wirklich da waren (Niebel mal ausgenommen) oder mich für Napoleon hielt oder sonst wie alle Murmeln verloren hatte. Nein, das nicht.

Aber jede Nacht sah ich im Traum das Loch in Esthers Kopf, sah ihren leblosen Körper in Zeitlupe umkippen und wachte dann schweißgetränkt auf. David gegenüber fühlte ich stetig wachsende Aggressionen. So konnte es auf keinen Fall weiter gehen.

Ich zog bei den Jungs aus und mietete mir eine kleine Wohnung in Ehrenfeld. Und mit meinem Einzug dort hörte ich auch auf, an Aktivitäten unserer Rotte teilzunehmen.

Ja, ich brauchte wirklich eine Zeitlang Abstand zu meinen Kameraden, um meine Gefühle zu ordnen und mit meinen Träumen über Esther klarzukommen.

Doch die SA war kein Kleingartenclub, den man mal eben für ein paar Wochen verlassen konnte. Und so kam, wie es kommen musste, wenn auch für mich eher unerwartet.

Keine zwei Wochen, nachdem ich in meine neue Wohnung eingezogen war, standen sie vor meiner Tür.

Ganz klassisch im Morgengrauen.

Fünf mir unbekannte, braunbehemdete Männer mit schwarzen Mützen, an denen Totenkopf-Anstecker prangten, angetrieben von Oberscharführer Sands einpeitschender Stimme, die durchs Treppenhaus gellte. Noch bevor ich mich erkundigen konnte, was denn los sei, traf mich die erste Faust ins Gesicht.

Es blieb nicht bei der einen. Schläge, Tritte, Gebrüll, minutenlang. Das Letzte, was ich sah, bevor sie mir einen Jutesack über den Kopf stülpten und mich die Treppe hinunter schubsten, war Niebels schadenfrohes Grinsen.

Ich muss das Bewusstsein verloren haben, denn an dieser Stelle hat meine Erinnerung Lücken. Ich erwachte in einem feuchten, dunklen Raum, die Arme über Kopf, an den Handgelenken aufgehängt, so dass meine Zehenspitzen gerade eben den kalten Stein des Fußbodens berührten.

Ich war nackt, durstig und erschöpft, aber abgesehen davon ging es mir erstaunlich gut. Von Niebel keine Spur; noch ein Pluspunkt in meiner Lage.

Ich hatte keine Ahnung, wie lange ich dort hing. Zeit war schwer einzuschätzen, wenn man allein in der Finsternis aufgehängt war. Es könnten zehn Minuten, zehn Stunden oder zehn Wochen gewesen sein. Dann aber passierte etwas. Eine Tür öffnete sich hinter meinem Rücken und für einen Moment war der Raum von einfallendem Licht erleuchtet. Er sah ungefähr so kacke aus, wie er sich im Dunklen angefühlt hatte.

Licht war nicht das Einzige, was in mein Verlies eindrang.

„Na, du Verräterschwein, bereit für die nächste Runde?", erklang eine Stimme.

„Bereit oder nicht", eine zweite Stimme, „wir haben noch ein paar Fragen an dich."

Eine Glühbirne an der kargen Decke erglühte. Schummriges, fast gemüt-
liches Licht tränkte die Szenerie. Ich hörte Schritte, die sich von hinten
näherten. Dann, abrupt verstummten sie, ich hörte erschrocken einge-
sogenen Atem. Dann Stille.

„Leck mich fett" – die erste Stimme.

„Das ist … das ist …", stammelte die zweite.

„Bist du sicher, dass das derselbe Kerl ist, den Sand uns gestern ange-
schleppt hat?"

„Nein, absolut nicht. Kann er eigentlich nicht sein."

Dann traten zwei Männer in mein Blickfeld. Grobschlächtige Kerle in
schwarzen Hosen und ehemals weißen Unterhemden. Brutale, empa-
thielose Gesichter, die Züge verzerrt von Erstaunen und Verwunderung.

„Kein Zweifel, das ist er", sagte der Erste. „Sieh nur die Tätowierungen."
Er trug eine schwarze Kappe mit Totenkopf auf dem fettigen Haar.

„Ja, wer sollte es auch sonst sein? Kam ja keiner rein oder raus. Aber …"
Der Besitzer der zweiten Stimme trug seine Halbglatze offen zur Schau.

„Du hattest ihm doch die Nase abgeschnitten!", staunte Kappe.

„Und die Ohren", bestätigte Halbglatze.

„Guck mal, die Fingernägel sind auch wieder nachgewachsen."

„Kneif mich mal, das muss ein Traum sein."

War es natürlich nicht. Und natürlich wich Kappes und Halbglatzes Er-
staunen schon nach wenigen Momenten der euphorischen Neugier und
professionellen Ehrgeizes. Vergnügt machten sich die beiden Folter-
knechte ans Werk, dabei unentwegt Theorien über meine schnelle
Selbstheilung und nachgewachsenen Gliedmaßen austauschend.

Als sie fertig waren, waren sie sicher, ich würde mich von ihrer heutigen Zuwendung nicht so schnell erholen.

Natürlich lagen sie falsch. Als sie das nächste Mal meinen Kerker betraten, war ich wieder fit und gesund wie ein junges Reh. Nicht, dass das meine Peiniger davon abgehalten hätte, ihr Werk an mir zu verrichten. Wenn überhaupt, dann trieb es sie nur in die nächsthöheren kreativen Sphären des edlen Folterhandwerks.

So ging es ewig. Kappe und Halbglatze überboten sich gegenseitig im Verstümmeln und Martern, aber schon bei der nächsten Sitzung waren alle Wunden verheilt, alle Glieder nachgewachsen. Ich fragte mich, was wohl passieren würde, wenn sie mir meinen Kopf abhackten? Würde dem Kopf ein neuer Körper wachsen oder dem Körper ein neuer Kopf? Oder vielleicht beides?

Fun Fact: Selbst mit Käsehobel abgeschabte Tattoos wachsen nach. Leider ...

Nach ein paar Sitzungen fingen sie an, zu wetten, ließen das aber bald wieder bleiben. Brachte ja nichts, auf immer dasselbe Ergebnis zu wetten.

Nach hundert Sitzungen hörte ich auf zu zählen. Es folgten viele, viele mehr. Halbglatze wurde irgendwann durch einen sehr jungen Spund mit flaumigem Hitler-Bärtchen ersetzt. Ein paar Sitzungen lang zockte Kappe ihm immer höhere Wetteinsätze ab. Aber irgendwann hatte auch Schnurrbart sich an die seltsame Situation gewöhnt. Er stellte sich als äußerst kreativer Kerl heraus, der selbst seinem erheblich älteren Kollegen noch den einen oder anderen ihm unbekannten Trick beibringen konnte.

Mehr passierte jahrelang nicht. Aber das reicht ja auch, oder?

Den Kriegsausbruch bekam ich erst mit, als das Blatt sich für die Nazis zu wenden begann und der Himmel über Deutschland vor lauter alliierten Bombern schwarz wurde. Das sah ich natürlich nicht. Ich hörte nur das

Gejaule der Luftschutzsirenen, dann das tiefe Brummen der Flugzeuge, als würden Millionen geschäftiger Bienen mich umschwirren. Ich hörte das Pfeifen der Bomben, das Tackern der Flak. Und natürlich das kakophone Konzert der Explosionen.

Was wohl mit mir passierte, wenn ein Volltreffer das Gebäude, in dessen Keller ich mich befand, treffen würde? Überleben natürlich. Aber würde ich unter Schutt und Trümmern ausharren müssen, bis mich mehrere Jahre später die Trümmerfrauen freischaufelten? Und wäre das besser oder schlechter als meine tägliche Folter?

Glücklicherweise, beziehungsweise leider, erfuhr ich das nie. Auch die Bombenangriffe hörte ich irgendwann auf zu zählen. Wozu auch?

ACHTZEHN

Wie erwähnt, hatte ich aufgehört, die Foltersitzungen zu zählen. Tage wurden Nächte, Nächte Wochen, Monate und Jahre.

Ich verlor jegliches Zeitgefühl.

Wie lange dauerte es, bis sich an meiner durchlittenen Monotonie etwas änderte?

Das Schicksal war jedenfalls noch nicht fertig mit mir.

Eines Tages knallte die Tür meines Verlieses auf, als hätte sie jemand gewaltsam aufgetreten.

Schnurrbarts und Kappes Stimmen waren zu hören.

Sie klangen kleinlaut, apologetisch. Und da war noch eine Stimme. Eine zornige, autoritäre Stimme, die mir vage bekannt vorkam.

„Seid ihr denn des Wahnsinns?", polterte diese. „Ihr habt hier unten ein medizinisches Wunder, das von kriegsentscheidender Bedeutung sein könnte, und alles, was euch zwei Deppen dazu einfällt, ist, zu versuchen, es immer wieder und wieder kaputtzukriegen?"

„Aber was hätten wir denn tun sollen?", jammerte Kappe. „Das hätte uns doch keiner geglaubt."

„Das ist keine Entschuldigung", schnaubte die neue Stimme. „Dafür kommt ihr beide an die Ostfront! Ach, was sag ich, ihr kommt beide nach Auschwitz!"

„Aber wir haben doch nur ..." und „Man hätte uns für verrückt gehalten", plapperten Kappe und Schnurrbart wild durcheinander.

„Schnauze!" Jetzt brüllte die neue Stimme ohrenbetäubend. „Macht ihn runter!"

Ein paar Herzschläge später rasselte ich zu Boden. Drei Paar Stiefel versammelten sich in meinem bodennahen Blickfeld. Zwei Paar davon schmutzig und abgelatscht, das dritte auf Hochglanz poliert. Fast hätte ich mich darin spiegeln können. Ich blickte an den glänzenden Stiefeln hoch, eine schwarze Hose entlang, sah eine ebenso polierte Gürtelschnalle mit dem Schriftzug „Meine Ehre heißt Treue".

Ich legte den Kopf in den Nacken, mein Blick wanderte über eine schwarze Uniform, hoch zu einem mir nur allzu bekannten Gesicht mit teuflisch funkelnden grünen Augen.

Niebel. In der Uniform eines SS-Sturmbannführers. Neidlos musste ich anerkennen, dass diese dem Dämon richtig gutstand. Wie auf den Leib geschneidert. Selbst mein Hass auf Nazis harmonierte mit seinem Outfit. Das war das erste Mal, dass nicht nur ich den perfiden Dämon sehen konnte. Auch meine Folterknechte standen im Bann seiner Anwesenheit. Aus den Tiefen meines Gedächtnisses kroch ein Satz empor, den Niebel mir höhnisch eingeflüstert hatte: „Mich kann niemand sehen, außer es nützt mir."

Ich überlegte, ob ich ihn auch schlagen oder treten könnte. Ihn töten?

„Na los, hoch mit dir", wies er mich an, „du wirst verlegt. Befehl von ganz oben!"

So sehr ich mich in meiner Gefangenschaft auch an Schmerzen gewöhnt hatte – auf das brennende Gleißen der Sonne in meinen Augen war ich nicht vorbereitet. Noch viel weniger aber war ich auf den Anblick vorbereitet, der sich mir bot, als meine Augen sich an das Licht gewöhnt hatten.

Oh, mein geliebtes Köln – es war nicht wieder zu erkennen. War ich überhaupt in Köln? Oder hatte mich Niebel direkt in die Hölle entführt? In eine lebensfeindliche Ödnis aus rußgeschwärzten Trümmern und

Geröll, aus noch brennenden Ruinen, dichten Rauchschwaden und bis zur Unkenntlichkeit verbrannten und auf Puppengröße geschrumpften Körpern? Nur die Türme des Doms, wie mahnende, schwarze Finger in den Himmel gereckt, bewiesen, dass es sich tatsächlich um Köln handelte.

Der Anblick traf mich wie ein Schlag. Was ich sah, wirkte schlimmer auf mich als alles, was mir Kappe, Halbglatze, Schnurrbart und deren Folterkameraden angetan hatten. Wie zur Salzsäule erstarrt blieb ich stehen und nahm ungläubig die Szenerie in mich auf.

Niebel jedoch hatte wie immer wenig Geduld und noch weniger Verständnis für mein Seelenleben. Eine blankpolierte Stiefelspitze knallte mit voller Wucht auf meinen nackten Arsch. Ich ging zu Boden, krümmte mich in Staub und Ruß. Der Absatz von Niebels Stiefel machte es sich auf meiner Wange gemütlich.

„Wie sagt man so schön?", spottete der Dämon. „Sieg Heil? Ist ja beides hier im Überfluss vorhanden, dank deinem großen Führer. Was kann dem Deutschen Reich schon ein Angriff mit mehr als tausend Bombern anhaben? Und jetzt aufstehen, hast dich genug im Straßendreck gesuhlt." Ein weiterer Tritt unterstrich seine Aufforderung.

Er trieb mich mit Schlägen und Tritten ein paar hundert Meter durch die apokalyptische Kulisse der gemarterten Stadt. Es war der alptraumhafteste Weg, den ich je zurückgelegt hatte. Er bewirkte, was Jahre der Folter nicht erreicht hatten: Tränen kullerten meine Wangen herab. Mir war egal, wie unmännlich das war; der Anblick meiner zerbombten Heimatstadt traf mich bis ins tiefste Mark.

„Ja, flenn du nur", war alles, was Niebel dazu zu sagen hatte.

Wir waren am Ende unserer kurzen Treibjagd durch die Trümmer angekommen. Hier, unberührt von Schäden, auf Hochglanz poliert und ohne den kleinsten Kratzer im Lack, stand Niebels aktueller fahrbarer Untersatz: ein Mercedes Benz G4, rauchschwadengrau mit SS-Kennzeichen.

Eins musste man Niebel lassen: Wenn's um Autos ging, hatte er echt Stil. Hatte Simon nicht mal erzählt, dass von diesem Modell weniger als 100 Stück gebaut worden waren? Wie zur Hölle war Niebel nur an ein Exemplar gekommen? Waren die nicht hohen NS-Bonzen vorbehalten?

„Da staunst du, was?", knurrte mein Peiniger und wies mich mit einem weiteren Schlag einzusteigen.

Im Gegensatz zu erwähnten NS-Bonzen ließ sich Niebel nicht nehmen, selbst am Steuer zu sitzen. Ganz so teuflisch wie bei meiner ersten Autofahrt mit ihm konnte er diesmal jedoch nicht auf die Tube drücken – dafür lagen einfach zu viele Trümmer auf den Straßen. So fuhren wir in vergleichsweise lahmem Tempo.

Die Fahrt verlief schweigsam. Weder hatte ich Niebel etwas zu sagen noch er mir – von der Warnung, seine schönen Ledersitze nicht zu versauen, einmal abgesehen. Nach knapp einer Viertelstunde hielt er zwischen ausgebombten Ruinen.

„Na, weißt du, wo wir sind?", richtete Niebel endlich das Wort an mich.

Ich blickte mich um, konnte aber ums Verrecken nicht identifizieren, wo wir waren. Also schüttelte ich den Kopf. Anstatt mich aufzuklären, grunzte Niebel nur und begann, sich ein Paar schwarze Lederhandschuhe überzuziehen. Stumm schaute ich dabei zu.

„Was … Was passiert jetzt?", brachte ich schließlich hervor.

Ordentlich behandschuht blickte Niebel mich grausam grinsend an und zückte seinen Zeremoniendolch. „Was jetzt passiert? Dreimal darfst du raten, Nazi-Schwein!"

Selbstverständlich zerrte er mich aus dem Wagen, bevor er zustach. Schon allein den besagten Ledersitzen wegen. Wäre ja wirklich eine Schande gewesen, die mit meinen Lebenssäften zu besudeln. Dann aber legte er so richtig los, als ginge es darum, eine Schweinehälfte zu filetieren.

Nach dem zehnten Stich in meinen Bauch hörte ich auf zu zählen. Brachte ja eh nichts.

Irgendwann, als er sich ausgetobt und mich zur Genüge penetriert hatte, ließ er von mir ab. „Weißt du", erklärte er dann im Plauderton, „ich habe dich falsch eingeschätzt. Es hat doch seine guten Seiten, mit dir zusammenzuarbeiten."

Ein weiterer Tritt in meine inzwischen hackfleischähnliche Nierengegend, ein Fluch über Blutflecke auf polierten Stiefeln, dann entfernten sich seine Schritte. Ich hörte den Motor des Mercedes starten und losfahren.

Dann war ich allein. Allein, nackt, frierend, aus dutzenden Wunden blutend, ein einsames Häufchen menschliches Elend in einer Stadt voll davon, ignoriert von Passanten, die allesamt ihre eigenen Probleme hatten und überdies nicht suizidal genug waren, einem nackten Mann, der von einem SS-Offizier auf offener Straße niedergestochen worden war, zu helfen.

Das war er also. Ich hatte meinen absoluten Tiefpunkt erreicht, war bei Lichte betrachtet genauso kaputt wie meine Heimatstadt. Oh, wenn ich doch nur sterben könnte. Wenn ich diese ganze elende Existenz, diese verschissene Reise durch die Zeit einfach beenden könnte. Aber das ging nicht. Wenn der Dämon Recht hatte, würde ich noch ... wie lange in diesem Alptraum leben müssen?

Selbst das auszurechnen, fehlte mir die Energie.

Ich rollte mich embryonal zusammen, vergrub mein Gesicht in meinen Handflächen und ließ den Tränen freien Lauf.

Ich wußte nicht, wie lange ich dort lag.

Wußte nicht, wie viele Menschen an mir vorbeiliefen. Ich war gefangen in meinem konzentrierten Selbstmitleid.

Meine Wunden hatten bereits angefangen, sich wieder zu schließen, als ich abermals das harte Leder eines Schuhes oder Stiefels auf meiner Haut spürte. Das war jedoch kein Tritt, sondern ein vorsichtiges, beinahe zärtliches Anstupsen.

Wie ein Kind, das mit einem Stöckchen einen Kadaver im Wald umdreht.

„Hallo? Lebst du noch?", erklang eine männliche Stimme.

Ich hob den Kopf, fragte mich, was das Schicksal sich jetzt schon wieder ausgedacht hatte, um mich zu peinigen.

Da stand ein junger Mann, fast noch ein Kind, in ziviler Kleidung und starrte mich mit weit aufgerissenen Augen an.

„Was haben sie mit dir gemacht?", fragte er besorgt. Dann, als er meine Brusttattoos sah, weiteten sich seine Augen.

„Widerstand? Bist du verrückt? Mann, das kannst du doch nicht so offen tragen! Hier, nimm meine Jacke, bevor das jemand sieht."

Er reichte mir seine Jacke und half mir auf die Beine.

„Danke", murmelte ich kraftlos. Ich schämte mich dafür, mich auf den Jungen stützen zu müssen, um nicht umzukippen.

„Kein Problem, mein Freund", antwortete er. „Komm, wir bringen dich an einen sicheren Ort."

„Danke", wiederholte ich. „Wie heißt du?", erkundigte ich mich nach dem Namen meines Wohltäters.

Der warf mir ein verschmitztes Grinsen zu. „Kannst mich Barthel nennen, mein Freund."

Barthel Schink – ich musste lächeln, als ich an ihn dachte.

Ein guter Junge war er gewesen. Zwar nur knapp halb so alt wie ich, als er mich auf der Straße aufgesammelt hatte, aber mir in so ziemlich allem überlegen. In Menschlichkeit, Gerechtigkeitssinn, Empathie.

Ein viel besserer Junge, als ich je gewesen war.

Ich selbst hatte so ziemlich ein Drittel meines nicht mehr ganz so jungen Lebens im Folterkeller verbracht. Das prägte mich um einiges mehr als die rückblickend doch recht infantil wirkenden Predigten eines Simon oder Till oder sonst wem, die eigentlich nicht die geringste Ahnung hatten, was sie erzählten.

Das Positive an meinem jahrelangen Martyrium: Ich hatte inzwischen eine äußerst solide Abneigung gegen alles entwickelt, was auch nur annähernd mit Nationalsozialismus, Militarismus, Nationalismus und dem ganzen unmenschlichen Dreck zu tun hatte.

Geistig hatten mich schon Kappes Messer und Halbglatzes Fäuste in den deutschen Widerstand getrieben.

Ich würde gerne behaupten, dass ich seit meiner Befreiung durch Niebel auch körperlich dort angekommen war.

Aber Widerstand ist ein großes Wort, wenn man ihm nicht nur theoretisch begegnet. Und zwischen Wollen und Tun bestand erst recht ein enormer Unterschied.

Widerstand...

Sicher ist, dass ich nicht so tapfer und aufrecht wie Barthel und seine Jungs war.

Nicht annähernd.

Sicher ist auch, dass ich nicht annähernd so viel riskierte, wie beispielsweise die wenigen, die ihre jüdischen Nachbarn versteckten, als meine ehemaligen Kameraden sie holen kamen.

Aber war ich damit auch besser als die vielen, die schutzsuchende Juden der Gestapo auslieferten? Oder besser als die meisten, die einfach nur weggucken?

Abgesehen von persönlicher Courage und Caritas ist Helfen auch nicht so einfach, wie man es sich vorstellt. Erfolgreiche Hilfe setzt das Vertrauen des Rezipienten voraus.

Und mit dem Vertrauen – vor allem in Fremde – war es in einer Zeit so eine Sache, in der das Gespenst von Gestapo und Lagerhaft an jeder Straßenecke lauerte. Wem konnte man vertrauen? Wer war ein Spitzel?

Wer war ein Jude oder Kommunist oder Roma?

Und versuchte ich mir mit solcher Argumentation am Ende nur, meine eigene Feigheit und Untätigkeit schön zu reden?

Nein, bei aller im Kerker gewonnener Erkenntnis über Wesen und Seele des Nationalsozialismus und bei all dem Hass, der unter dem täglichen Foltermesser meiner Haft entwickelt wurde, hatte ich es nicht sonderlich eilig, wieder in die barbarischen Klauen der NS-Justiz zu geraten.

Ja, ich war ganz und gar kein Held.

Nicht wie Barthel und seine Jungs. Es wäre zynisch von mir zu fragen, wer von den jungen Edelweißpiraten sich nur so tapfer zeigte, weil er noch keine Erfahrung mit Folter gemacht hatte.

Zynisch und beschämend. Beschämend für mich, der nach wie vor viel zu wenig tat.

Die Rosenbaums. Esther! Natürlich versuchte ich, ihnen zu helfen, aber wie soll ich es sagen? Nun, es klingt im Jahr 2017 unglaublich, aber ich fand sie einfach nicht. Also, natürlich fand ich das Gebäude, in dem sie ihre Wohnung und den kleinen Laden gehabt hatten.

Das war nicht schwer. Es war aber längst nicht mehr A. Rosenbaum Schreiner Antik - An und Verkauf.

Stattdessen fand ich dort einen deutschen Kolonialwarenhändler vor, der den Laden im November 1938 vom Vorbesitzer „übernommen" hatte. Über den Verbleib der Vorbesitzer und ehemaligen Bewohner konnte mir niemand etwas sagen. Niemand wusste es, niemand wollte davon wissen.

Ich jedoch wurde eingeweiht. Niebel zeigte mir, was niemand wissen wollte. Er hatte mich am 6. Juni 1942, nur wenige Tage nach der Operation Millennium, als mehr als tausend britische Bomber den Tod auf Köln regnen ließen, aus dem Kellergefängnis befreit.

Nachdem Barthel mir gezeigt hatte, dass es doch noch Menschlichkeit auf der Welt gab, hatte ich in einer ausgebombten Wohnung halbwegs Unterschlupf gefunden. Eine Matratze war immer noch eine Matratze, auch wenn das Schlafzimmer ein Loch in der Decke hatte.

Besser hatte ich seit fast zehn Jahren nicht geschlafen. Hier, in dieser ausgebombten Bude, fand ich ein paar tragbare Klamotten und ein bisschen Schmuck, den ich gegen Brot, Margarine und etwas Wurst tauschen konnte. Schuldgefühle hatte ich dabei keine. Schließlich übernahm ich ja auch nur vom Vorbesitzer.

In dieser ausgebombten Bude riss mich am 15. Juni 1942 in aller Frühe die Anwesenheit zweier fast riesenhafter Schattengestalten im Morgengrauen aus dem Schlaf. Zwei bullige Kerle, jeder an die zwei Meter groß und mindestens einen breit, standen tadellos uniformiert links und rechts meines Bettes, starrten mich unter dem Rand schwarzer Stahl-helme an, die Daumen in Ledergürtel mit schweren Schnallen gesteckt.

Ich brauchte ein paar Schrecksekunden, bis mir gewahr wurde, dass keiner der beiden Augen hatte.

Da waren nur blutigschwarze Löcher, leergekratzte Augenhöhlen. Sie sagten kein Wort, standen nur da und starrten aus ihrer Leere. Ein Hauch von Schwefel lag in der Luft.

Dann begriff ich. Widerstand war hier zwecklos, das wusste ich. Besser, ich käme freiwillig mit.

„Niebel schickt euch, richtig?", seufzte ich und ich begann, mich langsam aufzurichten.

Als Antwort zückte einer der beiden seine Pistole – nice, eine Pistole 08! Geiles Teil! – und schoss mir in den Bauch.

Dann griffen die beiden wortlos meinen sich wild vor diesen Schmerzen krümmenden und wie am Spieß brüllenden Körper und sie schleppten mich aus meiner ausgebombten Wohnung, über die ausgebombte Treppe hinunter.

Kein Zweifel, das waren Niebels Jungs.

Der Dämon selbst wartete draußen, am Steuer seines angeberischen rauchschwadengrauen G4. Die beiden augenlosen Bullen schoben mich rücksichtslos auf den Beifahrersitz, nahmen auf der Rückbank Platz und rührten sich nicht mehr.

„Für jeden Fleck, den du mir ins Leder blutest, lasse ich mir individuelle, kreative Strafen für dich einfallen", drohte Niebel, als er den Motor startete. „Du weißt, das kann ich gut, also untersteh dich!"

Wir fuhren nicht weit, zumindest nicht lange genug, dass meine Bauch-schussschmerzen hätten abklingen können.

„Wo sind wir?", flüsterte ich kraftlos, als Niebel den Wagen geparkt hatte. Das waren die ersten Worte, die ich auf dieser Fahrt herausgebracht hatte.

„Müngersdorf", knurrte er lakonisch und gab den Augenlosen auf dem Rücksitz ein Handzeichen. Die erwachten zum Leben und warfen mich aus dem Auto, griffen mich dann wieder unter den Schultern, hievten mich hoch, einer packte mein Haar, riss meinen Kopf in die Höhe.

„Sieh!", brüllte der Dämon mir ins Ohr.

Und ich sah.

Ich sah Menschen, ganz normale Menschen, junge Frauen, alte Männer, Männer mit Bart, kleine Mädchen mit Stoffpuppen unter dem Arm, alte Frauen, die Säuglinge in den Armen hielten, allesamt sichtlich mangelernährt, abgemagert und zerlumpt, aber dennoch waren sie allesamt ganz normale Menschen.

Und ich sah andere Menschen, Menschen in feldgrauen und schwarzen Uniformen, die mit Ledergurten, mit Peitschen und Knüppeln auf diese Menschen einschlugen, sie anbrüllten und auf die Ladeflächen bereitstehender Lastwagen trieben.

„Was passiert hier?", stutzte ich.

„Das weißt du ganz genau!", schnauzte Niebel.

„Was?" – Aber weiter kam ich nicht, denn die eiskalte Hand eines der Augenlosen legte sich kraftvoll über meinen Mund.

„Warte", murmelte Niebel, „warte ... Da! Sieh hin! Sieh genau hin!"

Und ich sah hin. Leider.

Inmitten all dieser ganz normalen Menschen, die von den uniformierten Menschen wie eine Herde Vieh auf die Lastwagen getrieben wurde, stand Esther.

Zweifellos. Meine süße, wunderschöne Esther.

Abgemagert, die Züge von Sorgen, Leid und Entbehrungen geprägt. Aber immer noch schön wie die aufgehende Sonne.

In einer Hand trug sie einen kleinen Koffer, die andere hatte sich um die Hand eines vielleicht vierjährigen Mädchens gelegt.

Der Moment verging wie in Zeitlupe. Aber er verging.

Dann waren Esther und das kleine Mädchen in einem der Lastwagen verschwunden. Ich sah, wie die letzten ganz normalen Menschen in die Wagen getrieben wurden, die ersten LKW starteten bereits ihre Motoren und fuhren los.

„Wohin?", stammelte ich, „wohin bringt ihr sie?"

„Ihr?", lachte Niebel. „Wie putzig … aber zurück zum Ernst: Sie wird zum Bahnhof gebracht. Von da geht's nach Majdanek. Dann nach Auschwitz, wo sie in weniger als vier Monaten vergast wird."

Ich zappelte, strampelte, versuchte zu schreien, aber gegen die kalte Umklammerung der Bullen war ich genauso machtlos wie gegen die Maschinerie der Vernichtung, die um mich herum wie geölt lief.

Ich konnte nur die Augen schließen, aber was Niebel mir hatte zeigen wollen, hatte ich bereits gesehen.

Den Anblick würde ich nie wieder vergessen können. Es war das letzte Mal, dass ich Esther jemals sah.

„Köln endlich judenfrei", zischte mir Niebel zynisch ins Ohr. „Und du, mein Freund …"

Er griff in eine der Taschen seiner Uniform und zog ein Bündel Geldscheine ans Tageslicht, das er mir unters blutige Hemd schob.

„Herzlichen Glückwunsch, du bist wieder reich", lachte er. Der letzte Lastkraftwagen voller Menschen war bereits losgefahren, die Bullen

ließen mich endlich los, ich sank kraftlos auf die Knie, auf den Boden und verlor dankbar das Bewusstsein.

Ich erwachte auf meiner ausgebombten Matratze, die Sonne stand schon hoch am Himmel und es war der 15. Juni 1942. In meiner Brusttasche steckte ein dickes Bündel Scheine, zwei Zentimeter neben meinem Bauchnabel prangte eine Narbe, wie ein Pistolenschuss sie hinterlässt.

Und ich wusste: Ich würde nichts ändern können, nie und unter keinen Umständen. Dafür würde letztendlich Niebel immer wieder sorgen.

Nein, ich war kein Held.

Noch vor Sonnenuntergang hatte ich Köln verlassen.

ZWANZIG

„Alles für Volk, Rasse und Nation!", brüllte Karl. „Prost!"

Er stieß an mit Simon, Rudi, dem Türsteher und Armin, den er bisher nur einmal getroffen hatte.

Insgesamt verhielt sich die Gruppe bisher unauffällig und angepasst. Für seinen Trinkspruch fing sich Karl entsprechend die bösen Blicke der drei anderen ein.

Sie hatten ihn gründlich informiert und angewiesen.

Heute stand eine Säuberungsaktion an. Die wollten sie in kleinen Gruppen vollziehen, um weniger Aufmerksamkeit zu erregen.

Ein Dutzend vermummter Hooligans hätte unvermeidbar die Polizei auf den Plan gerufen. Deshalb galt es, sich auch optisch anzupassen.

Das Äußere der drei Kameraden wirkte gepflegt. Vor allem bei Armin, der überhaupt keine sichtbaren Zeichen an sich trug. Stinknormale teure Markenkleidung ohne Stigma. Simon war komplett in schwarz gekleidet, Cargohose und Schnürstiefel.

Er fiel nur durch seine Hünenhaftigkeit und die frisch rasierte Glatze auf.

Rudi trug sein übliches Anzug-Outfit. Dazu einen leichten dunklen Mantel. Die Bierflasche in seiner Hand war ein echter Stilbruch. Ein Aktenkoffer hätte man ihm eher abgenommen.

Am meisten fiel Karl auf, der durch die handgreiflichen Auseinandersetzungen an diesem Tag nur verdreckte Kleidung vorweisen konnte, und überhaupt, er hatte dringend eine Dusche nötig.

„Siehst aus wie ausgeschissen. Reiß dich zusammen", brachte es Rudi auf den Punkt.

Betreten schwieg Karl und nuckelte an seinem Bier. Er befand sich ohnehin am Rande eines Deliriums und bekam ständig Schluckauf, ob er trank oder nicht.

„OK, gehen wir!", befahl Rudi.

Sie setzten sich in Bewegung. Die zahlreichen Menschen, die wie eine große Herde aus dem Bahnhof strömten, wichen den vier langsamen Männern aus, als wären diese ein Fels im Fluss.

Karl fühlte sich stark, unbesiegbar, doch gleichzeitig war ihm schlecht.

Simon packte ihn unter dem Arm. „Junge, alles in Ordnung?"

„Leicht breit, aber geht noch."

„Reiß dich zusammen", zischte Simon und ließ ihn los. Karl wurde rot und beruhigte sich erst wieder, als sie die Domplatte erreicht hatten.

„Was weißt du über rumänische Banden?", wollte Simon wissen.

„Äh, organisierte Kriminalität? Diebesbanden, die Häuser ausräumen?"

„Und was noch?", fragte Simon streng. Karl stutzte.

„Bettler!", zischte Armin und verzog angewidert das Gesicht. „Aber das ist alles dieselbe Mischpoke! Dieselbe Bande. Kommen in unser Land und kriegen alles in den Arsch geblasen! Und dann klauen sie noch wie die Raben, das Zigeunerpack!"

Er spuckte aus und Rudi legte ihm tröstend den Arm um die Schultern.

„Ja, mein Freund", wandte sich Simon an Karl.

Die Luft schmeckte nach Regen. Der Moment, bevor man den ersten Tropfen spüren konnte. Der Wind hatte zugenommen und kühlte ab. Auf der Domplatte flanierten trotz allem noch viele Menschen, zumeist

Touristen, die sich mit mäßigem Tempo bewegten und auf den Dom starrten.

„Ja, diese ekelhaften Zigeuner. Lassen wir uns das bieten?"

„Ich denke nicht", sagte Karl.

„Hier kommen wir zu deiner Aufgabe. Wir finden, wenn du dieses Pack für uns ein wenig aufgemischt hast, dann ist deine Prüfung bestanden. Zeig ihnen, was das deutsche Volk von solchen Untermenschen hält, mein Junge."

Wie auf ein Stichwort erschien um die Ecke auf der Westseite des Doms eine Künstlertruppe, die klar aus Sinti oder Roma bestand.

„Eigentlich müssten die das noch wissen. Doch Hitler hat leider nicht alle erwischt, aber warte mal nach dem Tag X!", sagte Rudi. „Dann wird aufgeräumt!"

Porajmos

Karl erinnerte sich an sein Referat.

Himmler befahl angeblich am 16. Dezember 1942 im *Auschwitz-Erlass, Zigeunermischlinge, Rom-Zigeuner und nicht deutschblütige Angehörige zigeunerischer Sippen balkanischer Herkunft nach bestimmten Richtlinien auszuwählen und in einer Aktion von wenigen Wochen Dauer in ein Konzentrationslager einzuweisen.*

Karl erinnerte sich an jede Silbe aus dem Text.

Gehörte alles zu den Lügen, die Hitler und seine Bewegung in Misskredit bringen sollten.

Aber wenn Rudi das bestätigte, fragte sich Karl gerade, war dann auch die Shoah keine Lüge? Denn das war ihm bei jeder Gelegenheit von Simon unter die Nase gerieben worden: die Holocaustlüge und die Propaganda der Systemmedien. Für die Umvolkung und Multikulti.

Zweifel belegten sein Gewissen mit einer unbequemen Decke.

Die Dinge, die jetzt ins Rollen gerieten wie eine Steinlawine in den Dolomiten, vermochten ihr Ausmaß nur zu erreichen, weil Karl tat, was er glaubte, tun zu müssen.

Am 5. März 2017 war Karl jemand, der aus seinem Bedürfnis nach Zugehörigkeit und Anerkennung in einer Ecke stand, aus der er nur mit Schwierigkeiten herauskommen konnte.

Gleichzeitig konnten seine Verletzlichkeit und seine Angst leicht instrumentalisiert und von geschickten Leuten in eine Waffe verwandelt werden.

Karl nahm einen tiefen Atemzug.

Er schob die Gedanken mitsamt allem Zweifel beiseite.

Er schüttelte die Decke ab.

EINUNDZWANZIG

Niebel beobachtete derweil den Alten neugierig. Niebel hing an ihm wie die Wolke aus Nikotin und Sehnsucht, die den Alten bei jedem Schritt begleitete.

Seit fast 83 Sonnenwenden nun.

Er bedeckte seinen Klienten mit seiner permanenten Anwesenheit, wie der Schatten des Kölner Doms über dem Alten hing, während dieser auf der Domplatte ungeduldig die Zigeunergruppe beobachtete.

Ungeduld. Oh ja.

Der Alte hatte ihn ganz schön auf Trab gehalten mit seinen ständigen verzweifelten Versuchen, die Geschichte dieser armseligen Sterblichen zu verändern. Ihre Lebensläufe zu korrigieren. Alles zu verbessern.

Lächerlich, dachte er.

Selbst diese armselige Spezies Mensch wäre mit ihren unterentwickelten Gehirnen biologisch im Stande zu begreifen, dass alle Dinge nur dann zu beeinflussen waren, BEVOR sie geschahen.

Man konnte nur etwas verhindern, wenn man es nicht stattfinden ließe. Oh Mann, wenn die wüssten, dass Ihnen noch Trump bevorstünde. Der Brexit. Ein neuer Krieg mit Russland. Dass der Faschismus stärker würde, bis es zu spät wäre.

Während die ganze Menschheit gleichzeitig vom Klimawandel ausgerottet würde, ohne dass sie ihr Verhalten rechtzeitig änderten. Irgendwie verdient. Wie jener Frosch im Kessel, der nicht merkte, dass man das Wasser darin erhitzte. Bis es zu spät war.

Menschen halt. Wie der Alte dastand. Starrend. Wartend.

Und keine 50 Meter entfernt kam nun auch noch dieser Türke. „Das wird lustig", dachte Niebel.

Eigentlich machte es ihm Spaß, ab und zu einen von ihnen herauszupicken und zu bestrafen.

Das sah er als seine Pflicht.

Er, der erste Misanthrop des Universums. Das ultimative Karma.

Die Kür bestand für Niebel darin, seine Opfer die ganze Zeit im Glauben zu belassen, sie besäßen eine Aufgabe. Oder: Sie stünden vor einer Prüfung.

Na, ja. Vieles begann und endete mit einer ... Prüfung.

ZWEIUNDZWANZIG

Mehmet befand sich ebenfalls auf der Domplatte und dachte gerade oder vielmehr seltsamerweise, an Karl, ohne zu wissen, dass dieser sich in seiner unmittelbaren Nähe befand.

Hätte Mehmet in die Richtung geschaut, aus der gerade die letzten Töne eines slavischen Volksliedes verklangen, hätten sie sich ins Gesicht geschaut.

Mehmet dachte darüber nach, wie er seinem alten Freund helfen könnte, dass er nicht restlos im braunen Sumpf unterginge.

Dass er „die Kurve kriegte" und wieder „der Alte" würde.

Wer weiß? Vielleicht hätte Mehmet an diesem Ort, zu diesem Zeitpunkt wirklich verhindern können, was Niebel für unausweichlich und festgeschrieben hielt.

Dazu jedoch hätten zwei Dinge geschehen müssen:

Zum einen hätte Mehmet seinen Freund früher entdecken müssen, denn als er ihn erkannte und rief: „Hey, Karl!", waren die Dinge schon im vollen Gange.

Zum anderen hätte Karl mindestens eine Promille nüchterner sein müssen, denn er war mittlerweile so sturzbesoffen, dass er nicht einmal den tollen Simon oder den Führer selbst erkannt hätte.

Doch tun wir einmal so, als sei dies ein Film und spulen wir noch einmal 90 Sekunden zurück:

Eine alte, dunkelhaarige Frau saß auf dem kalten Bordstein vor dem Dom und hielt Passanten einen Pappbecher hin, raschelte mit den Münzen darin.

Daneben standen oder hockten eine Handvoll junger Männer und ein älterer Mann in gebückter Haltung.

Eine Gruppe von Sinti und Roma, zwischen ihnen standen Plastiktüten, Taschen und verschiedene Instrumente. Gitarren und ein Kontrabass, die schon in Stofftaschen verpackt waren, daneben ein Akkordeon ohne Schutzhülle oder Koffer.

Die Männer und Frauen waren Straßenmusiker, die gerade das letzte Stück beendet und ihren Feierabend begonnen hatten.

Karl sah doppelt in seinem Suff und ihm erschienen dadurch sogar zwei Pappbecher in der Hand der alten Frau.

„Elende Bettler", dachte Karl zornig und vom Alkohol enthemmt.

Dann ging alles Schlag auf Schlag.

Karl stürmte taumelnd vor, während seine Begleiter zurückgeblieben waren, um das Schauspiel aus unbeteiligter Distanz zu betrachten.

Karl trat der Frau den Becher aus der Hand. Dabei hörte er sich irgendetwas brüllen. Was, daran würde er sich nie erinnern.

Mehmet rief gerade seinen Namen, aber auch das bekam Karl nicht mit. Das Adrenalin flutete seinen Körper und kämpfte mit dem Alkohol in seinem Blutkreislauf um die Vorherrschaft.

„Das ist mein Land", dachte Karl.

Die jungen Musiker traten ihm entgegen, ihrerseits aufgebracht und bereit, den unverschämten Wutbürger in die Schranken zu weisen.

Im entstandenen Aufruhr erkannte Mehmet seinen Freund, bahnte sich den Weg zu Karl, denn er ahnte, dass die Sache eskalieren würde.

Die jungen Männer hatten längst Erfahrungen gemacht mit Rassismus und Anfeindungen und entsprechend routiniert wollten sie sich Karl vom Hals schaffen.

Er war nicht der erste Skinny, der auf ihre Kosten extrem übel seinen Nationalstolz dropte, und er würde nicht der letzte sein.

Einer der Musiker schnappte sich Karl von der Seite. Die alte Frau schrie entsetzt auf. Ein anderer Musiker versuchte, Karl frontal am Kragen zu packen, da schlug ihm Karl brutal mit dem Handrücken auf die Nase. Der junge Mann trat einen Schritt nach hinten, hielt sich das Gesicht.

Er taumelte ein wenig und machte Anstalten, sich erst einmal aus der Gefahrenzone zu bringen angesichts der großen Schmerzen.

Das sah Karl jedoch anders. Das wollte er nicht zulassen.

„Du Schmarotzer, ich mache dich fertig!", brüllte Karl und ging nochmal auf den Musiker los, doch plötzlich stand dort, wo er den Widersacher erwartet hatte, wie aus dem Nichts sein Freund Mehmet.

Karl sah zwar deutlich, dass Mehmet etwas sagte, aber er verstand es nicht.

Denn im nächsten Moment sackte Mehmet zusammen.

Dabei fasste er sich an die Brust und zwischen seinen Fingern strömte Blut hervor. Eine Menge Blut. Dasselbe Blut, das gerade vom Dolch in Karls Hand tropfte.

BAMM! Ein Schlag wie von einem Vorschlaghammer traf seinen Kopf. Begleitet von einem jämmerlich quäkenden Geräusch. Langgezogen und anklagend.

Einer der Männer hatte ihn mit dem Akkordeon brutal und richtig übel niedergeschlagen.

Das letzte, an das Karl sich erinnern sollte, waren der starrende Blick der alten Frau, kalt und unendlich anklagend.

Und ihre Stimme in seinem Kopf. Er konnte die Worte nicht verstehen, aber sie machten ihm Angst.

„Monstruule, fie ca demonul necruțător să te ia și să nu te mai lase niciodată să pleci. vei primi pedeapsa ta și nu se va sfârși niciodată!"

Das Geschrei um sich herum nahm er nur noch aus weiter Ferne wahr. Ihm wurde schwarz vor Augen. Und dann: nichts mehr. Leere.

Karls Umgebung löste sich vor ihm einfach auf.

Die Sinti und Roma, die gerade Karl schnappen wollten, starrten dabei ungläubig auf einen leeren Fleck.

Nur der Dolch lag noch auf dem Boden.

Blutig und anklagend.

Karl verschwand sprichwörtlich inmitten der Menschen

Nur ein paar Meter weiter sah der Alte dabei zu. Kopfschüttelnd.

„Und bist du stolz? Möchtest du einen Keks?", fragte Niebel und grinste hämisch mit leuchtenden grünen Augen. „Ich befürchte, das ist unser Abschied. Oder geht es in die nächste Runde?"

„Ich habe das nicht gewusst. Wieso habe ich das nicht gewusst?", ächzte der Alte. Fasste sich an die linke Seite seiner Brust.

„Na, na, na. Wir haben oft darüber gesprochen, dass du hier und heute einen abgestochen hast. Also bitte!"

Niebel tat empört.

„Du hast mir nie gesagt, dass ich Mehmet getötet habe", ächzte der Alte.

„Tja, das Beste kommt zum Schluss."

Mit diesen Worten seines Dämons im Kopf brach der alte Karl ebenfalls zusammen.

Etwas später am Tag erschien die Meldung über einen grässlichen Mord an einem jungen Türken.

Zunächst konnte der Täter nicht ermittelt werden, da die Zeugen teils widersprüchliche und sehr wirre Aussagen machten.

Dann brachte die Polizei das Ganze in Zusammenhang mit dem Fund der Leiche eines alten Mannes, der offensichtlich zur selben Zeit auf der Domplatte ganz in der Nähe an Herzversagen gestorben war.

Fingerabdrücke und DNA des Alten stimmten mit den Spuren auf der Tatwaffe überein, einem Dolch aus der Zeit des Nationalsozialismus.

Aufgrund der nationalsozialistischen Motive der Tätowierungen, die der Alte auf Schultern und Brust hatte, wurde der Mord von den Behörden als rechtsextreme Tat eines Einzeltäters eingestuft.

Damit wurde die Akte geschlossen, Fall erledigt, Ablage.

Soviel zur Unbelehrbarkeit der Menschheit.

Aus der Geschichte lernen? Fehlanzeige.

Und Niebel?

Was wurde wohl aus ihm?

EPILOG

Es war Freitag, der 11. Oktober 2008 in Klagenfurt.

Es war spät am Abend und der „Stadtkrämer" war eines der wenigen Lokale, die noch geöffnet hatten.

In der Presse wurde der „Stadtkrämer" oft nur als „Szenelokal" geführt, aber letztlich war es schlicht die bekannteste Schwulenkneipe, nicht nur der Kärntener Hauptstadt.

Am Tresen standen ein hagerer, großer Mann mit bestechend grünen Augen, gekleidet in einem maßgeschneiderten, cremefarbenen Anzug, der so elegant wie zeitlos wirkte, und ein mittelgroßer Mann Ende 50, sichtlich angeschlagen vom Alkohol.

Dessen Kleidung war eher traditionell und bewegte sich an der Grenze zur Trachtenmode.

„Ach, komm, Jörg. Noch einen Wodka. Das geht schon klar. Komm hier: Prost!"

Der Grünäugige hob sein Glas und sie stießen an, kippten den Kartoffelschnaps auf einen Zug runter. Sofort hob der Hagere den Arm und gab dem Wirt ein Zeichen.

Der nahm direkt zwei neue Gläser aus dem Regal und goss ein.

„Hör mal, es ist spät…", begann Jörg lallend.

In diesem Augenblick stellte der Wirt den nächsten Wodka vor sie hin und schnappte sich in einer fließenden Bewegung die leeren Gläser.

Aus der Beschallungsanlage im Hintergrund sang Marianne Rosenberg „Er gehört zu mir…"

Der Hagere packte die beiden Gläser, doppelte, wie es schien, denn er verschüttete etwas von dem Wodka.

Ein Tropfen fiel nach unten auf die extrem spitz zulaufende Schuhspitze seines edlen linken Stiefels. Dort perlte der Alkohol ab wie auf einem Lotusblatt.

Die Schuster in Asgard verstanden ihr Handwerk. Minotaurusleder, extra gehärtet noch dazu.

Sie hatten auch diese Runde kaum vertilgt, da stellte der Wirt ihnen zwei Pinnchen mit einer roten Flüssigkeit hin.

Zirbenschnaps. Johannisbeere. Hochprozentige Tradition.

„Haider, du musst dir selbst auch mal etwas gönnen. Wir trinken jetzt noch diesen letzten Zirberl zusammen, und dann fahren wir beide ganz brav nach Hause. Du zu deiner Claudia. Ich zu meiner eigenen Teufelin, ha, ha. Oder mogst mich net mehr? Brauchst du etwa meine Spende für die BZÖ nicht mehr?"

„Ah gib scho her!", sagte Jörg Haider und nahm das Glas.

„Des geht si scho aus!", sagte Niebel sichtlich hocherfreut.

„Prost!"

„Prost. Auf Österreich!"

Sie tranken.

„Hast du denn deine Autoschlüssel?", fragte Niebel grinsend.

Danke an alle, die dagegenhalten und stabil bleiben.

Nie wieder ist jetzt.

Tom & Sean

2024

Sean und ich werden 10% der Einnahmen aus dem Buchverkauf regelmäßig an eine NGO spenden, die den Kampf gegen Nazis oder die Rehabilitierung ehemaliger Nazis zu ihrer Aufgabe gemacht hat.